LE JOUR OÙ ALBERT EINSTEIN S'EST ÉCHAPPÉ

DU MÊME AUTEUR
(sélection)

Noirs

Le Salon du prêt-à-saigner, Gallimard, 1978 (Folio, 2000)
Grand Prix de littérature policière 1979

Babel-ville, "Série noire", Gallimard, 1979 (Folio, 2002)

Un violon pour Mozart, "Série noire", Gallimard, 1989
Prix mystère de la critique

Route story, "Série noire", Gallimard, 1998 (Folio, 2006)

La Java des bouseux, "Suite Noire", La Branche, 2006

La Ménagerie, "Rivages-Noir", Rivages, 2007

Romans historiques

Le Vent du Sud vol. 1 : Elisabeth, Belfond, 1988 (J'ai lu, 1991)
Le Vent du Sud vol. 2 : Judith, Belfond, 1990 (J'ai lu, 1992)
Prix européen de l'ADELF

Le Semeur d'étincelles, Seuil, 1996 (Points, 1998)

La Gare sans nom, Seuil, 1998

La Station Saint-Martin est fermée au public, Fayard, 2004 (Points, 2006)
Prix des Lecteurs d'Armor-ICE 2006

Belleville blues, "Passions complices", Autrement, 2005

Récit

C'est en hiver que les jours rallongent, Seuil, 2002 (Points, 2003, 2006)
Prix Marianne et Prix Wizo 2003

Nouvelles

8,20 g de cholestérol, Fayard, 2006

Joseph BIALOT

LE JOUR OÙ ALBERT EINSTEIN S'EST ÉCHAPPÉ

(Roman)

SUITES
Éditions Métailié
5, rue de Savoie, 75006 Paris
www.editions-metailie.com
2008

Informez-vous sur nos programmes et
nos parutions sur notre site :
www.editions-metailie.com

ISBN : 978-2-86424-635-0
ISSN : 1281-5667

AVERTISSEMENT

En dehors de certains faits historiques, les diverses actions et les personnages de ce roman sont tous imaginaires. Ils ne sauraient avoir le moindre lien, ni un quelconque rapport avec des homonymes vivants ou morts.

"On n'oublie rien de rien
On n'oublie rien du tout
On n'oublie rien de rien
On s'habitue c'est tout."

Jacques Brel, *On n'oublie rien*

1

Je veux m'en aller…

Je ne dors plus. Immobile, je garde les yeux clos avec, dans ma tête, toujours ces mêmes mots pour inaugurer ma journée. La première phrase d'un livre, l'incipit de mon existence quotidienne toujours recommencée.

Je veux m'en aller…

Couché en chien de fusil dans un lit étroit, j'ouvre un œil. La lumière me fait replonger dans mon rêve éveillé et, en écho, je reçois le grincement du sommier lorsque je pivote sur le côté.

C'est reparti pour un jour avec, en perspective, des heures molles passées à traîner avec moi la tonne de mélancolie qui me taraude.

Est-ce le ciel d'automne, qui bétonne de gris sale la ville tout entière, ou mon blues permanent qui m'a poussé à franchir le Rubicon ? Je ne le saurai jamais, mais cette fois il n'y aura plus de "Demain, je pars !", non, plus de solution dilatoire, c'est aujourd'hui ou jamais.

Je m'en vais !

Octobre s'achève. La Toussaint est là, maintenant ; la fête des Défunts dans le catholicisme dont je suis imprégné depuis mon enfance. Chez moi, on pratiquait comme d'autres font du vélo. La bicyclette, la natation, l'adhésion au Parti et l'amour ont ça de commun avec la religion… Une fois maîtrisé ça ne s'oublie jamais ! On prie sans croire, on pédale sans grâce, on nage sans force, on adhère sans passion, on baise sans plaisir… Des automates, voilà ce que nous sommes.

La Toussaint… Pour le vieil homme que je suis devenu, c'est tous les jours la fiesta des disparus ! Quitter… se quitter… s'écrit toujours en partie double, comme toute comptabilité banale, le doit et l'avoir. Je dois disparaître, j'ai vécu. Je ne suis plus qu'une ombre pour mon entourage. Même mes mômes n'ont plus d'existence concrète. Ils m'ont déposé au service des objets trouvés et des humains perdus. Ma rue des Morillons s'appelle Maison de retraite. Au bout d'un an et un jour j'appartiendrai, selon la loi, à celui qui m'aura déniché. Un an et un jour… Ça fait trois ans que je pourris sur pied, je ne suis même pas sûr de trouver preneur.

Il fait chaud. Des pieds joints, j'envoie valser les couvertures. Elles forment maintenant une bosse beige sur le parquet brun, une tente targuie posée dans un erg grège découvert dans le Sahara, lors d'une balade amoureuse avec Paula, à un million d'années-lumière, lorsque j'étais encore capable d'aimer. Le désert… une zone sans humains, sans souffrances. Une zone de vie. Un amer, pour rappeler aux amants qu'ils restent les seuls vivants dans l'immensité du vide étalé jusqu'à l'horizon. Ceux qui écrivent – les poètes –, ceux qui délirent – les fous – imaginent la même chose.

Paula… un prénom… l'enveloppe d'un continent de tendresse. Paula… La femme qui m'a appris à revivre.

J'aurais dû répondre à sa lettre. Oui, j'aurais dû. La lassitude l'a emporté ce jour-là. C'était quand ? Hier ? Le mois dernier ? L'an passé ?

Il n'y a pas eu de retour à l'envoyeur ni l'habituelle annonce de l'absence : "N'habite plus à l'adresse indiquée." Seul le silence a été mon accusé de réception.

Coup d'œil à la montre posée sur la table de chevet : six heures. Une fois encore un cauchemar m'a tiré du sommeil ; cauchemar... mon fidèle compagnon ! Lui ne m'abandonnera jamais. La succession de mes images noires coutumières, le secret de mes nuits, le magma inconscient de mes désirs, échecs et frustrations dont je suis le seul propriétaire et usufruitier.

Malgré la clarté venue de la rue, j'allume la lumière.

Dans le tiroir de la table plaquée le long du mur, je déniche le paquet de Gitanes que je planque là.

Première cigarette. L'unique, avant la plongée dans mes activités passives, mais pas la seule, la meilleure ! Lentement, longuement, mes poumons s'imprègnent de la fumée grise. Je sens le tabac m'envahir, me calmer. Première quinte de toux, façon élémentaire de dire merde à mon médecin.

Le docteur Jivaro m'a défendu de fumer ! Jivaro... Il n'a plus d'autre nom, pour moi, ce toubib ; il n'est qu'une pièce interchangeable parmi les divers employés de la maison, "Docteur Jivaro, de la faculté de médecine de Paris. Interne des hôpitaux, réducteur de têtes"... L'interne... c'est lui ! Un père la morale, comme les autres. Mais l'interné... c'est moi !

– Sébastien, vous allez cesser de fumer immédiatement. Sinon...

Va te faire foutre, toubib !

Qu'est-ce que tu vas encore me débiter ? Que le tabac tue lentement ? La nicotine, le goudron et autres délices contenus dans une pipe, je m'en contrefiche. C'est vivre le quotidien qui me tue, ses obligations formatées, sa pseudo-douceur et sa fausse charité issues de la compassion fabriquée pour éviter de voir le réel ; le réel… il tient dans un seul nom, Les Cannabis, mon refuge provisoire ; là est la vie, dans cette réserve de vieux Indiens où la réalité se ramène à mesurer le temps. Toubib ! Tu devrais montrer mon invention au concours Lépine. Sébastien Lesquettes, mon patient, présente : *La chaîne pour arpenter l'existence !* Succès garanti. Là se situe ma mort, dans ces heures qui se délitent, pas dans ce tube de papier dont le bout rougeoie entre mes doigts. Je sais, tu me l'as assez répété, que je claquerais si je continuais. Eh bien, oui ! Je continue. J'ai envie de partir. Partir, pas crever, m'en aller pour ne pas mourir, espèce de connard bardé des connaissances de toutes les parties de mon corps, oui, toubib, tu sais tout de moi, tu n'ignores plus rien des divers morceaux de ma carcasse, de mes reins, de mon cœur, des globules qui courent dans mes veines, de mon cul, de mes bronches et de mes reins… Tu crois que tu sais… Imbécile ! Qui suis-je ? Qui est donc le vieil homme que tu appelles par son prénom, comme si nous étions des amis ou les invités exhibitionnistes d'une émission pot de chambre dans une télé de merde ? Qui est-il ce vieux que certaines des soignantes osent appeler "Papy" et d'autres "Einstein" ? Une seule me donne encore du "Monsieur Lesquettes", une seule. En fait, tu ne sais rien de moi, l'interne, rien… Pas plus que ces salopiauds, mes enfants, qui m'ont garé dans cette maison de retraite. Quatre semaines, m'ont-ils dit, tu ne resteras là que pendant les congés de fin d'année. Après on viendra te reprendre.

Le mois prochain, ça fera exactement trois ans, oui, trois ans, que je suis ici à espérer leur venue.

Pourquoi ai-je attendu si longtemps avant de me décider à tailler la route ? La peur de la solitude ? Non ! J'ai connu ça durant mes années noires. Ce vide intégral, celui que ressent l'homme devenu le centre du monde parce qu'il n'existe plus pour les autres. Être le pivot de rien, c'est ça la solitude. Et je sais m'en accommoder.

La rupture avec ma famille ? Mais c'est elle qui a rompu les amarres, pas moi. Je n'ai pas demandé à être enfermé. Personne n'a jamais exigé "ça". Il est écrit : "Quitte la maison de ton père et va !" Une double option… Pour celui qui reste et celui qui part. Chacun sa route. La liberté des uns ne peut pas être la négation de celle des autres. Mais ça donne sans doute le droit de larguer les ancêtres et de les oublier sur un quai de gare, dans un aéroport ou une maison de retraite, tout confort, comme autrefois, lorsque les immeubles affichaient "Eau et gaz à tous les étages". On abandonne bien les chiens, en été, sur les parkings d'autoroute.

La lassitude ? Sans aucun doute. Cette pesanteur, cette pluie d'hiver en rebonds sur ma vieille carcasse, cette eau, l'âge, qui nettoie la résistance, creuse des rigoles dans les choix à faire, cette terrible inertie où, conscient, on se regarde dépérir, perdre sa rigueur de pensée et envoyer au diable tout ce qui fait la dignité d'un être, ma dignité. Ne pas avoir à choisir, ne pas avoir à décider, ne pas avoir à se battre ont été les options de ma fausse acceptation. Fausse, oui ! Chaque fin de mois, je boucle ma valise. Je m'installe dans le hall de l'établissement et j'attends. L'autre attendait Godot... Moi, j'espère quoi? Tout le monde le sait dans ma stalle de départ, les pensionnaires, les aides-soignantes, les visiteurs et les fournisseurs divers. Tous connaissent l'énigme du jour: partira? Partira pas? Je me suis même demandé si certains ne prenaient pas de paris sur mon départ immédiat mais toujours différé.

Le vigile termine sa tournée, passe, me dévisage. Sa figure ronde, ses joues rougeâtres d'alcoolique en devenir se garnissent de ridules lorsqu'il esquisse un sourire à mon égard.

– Ça va?

– Cesse de me poser une question idiote! A mon âge, il faut me demander ce que j'ai, pas si je vais.

– Te fâche pas, personne ne te veut de mal. Tu es prêt à t'en aller?

Il regarde sa montre.

– Patience, Einstein, le Messie ne va pas tarder.

Ce crétin de surveillant m'appelle Einstein. Un jour j'ai fait la bourde de lui dire que j'avais fait une découverte nouvelle et capitale en physique, un nouveau rapport "Temps/Masse", que, curieusement, plus je vieillissais et plus les objets devenaient lourds à soulever. Dans un éclair de lucidité, entre deux espaces encore vierges de sauvignon, il s'est souvenu du grand Albert et m'a affublé de son nom, repris depuis par tout le personnel de mon auberge de vieillesse. Je dois dire que ça m'amuse plutôt comme pseudo et que j'préfère ça à Pierrot-le-Fou ou à Oui-Chef, surnom d'un sous-off de mon unité lors de la débâcle de 1940.

Il a raison, cet homme. Le Messie viendra, peut-être, un jour. Mes enfants? C'est une autre affaire.

Trois ans… j'attends depuis trois ans… Trois ans, un morceau d'existence indéfini qui s'effiloche dans un calendrier pour zombis. Un… deux… trois… soleil. Une marelle dessinée dans la tête avec des balises récurrentes. Joyeux Noël, bisous, jour de l'an, poutou-poutou, Pâques, "Il" est ressuscité, le muguet est de retour, du bonheur à la pelle. La merde aussi porte bonheur à condition de marcher dedans du pied gauche, je t'aime maman, fête des pères… Et on remet ça… Trois ans! J'attends… Feuilles d'impôts, feuilles d'automne, papier cul, trois ans. Encore un tour de manège! Arrête, tu vas nous faire chialer. Non, inconnues au bataillon, les larmes de mon enfance. Finies! On ne pleure plus lorsque les émotions sont mortes. Oui, le Messie viendra. Quand? Lui seul le sait. Mais moi, je ne renonce pas, je fais ma valise chaque 28 mensuel et la déboucle le 2 du mois suivant. Ma seule manière d'exister, d'espérer encore: m'occuper de mes bagages. C'est sans doute pour ça qu'on n'emporte rien le jour du grand saut. Manquerait plus qu'il faille installer des consignes en enfer. Je ne crois pas qu'il puisse exister un paradis ou un purgatoire. C'est encore une invention des curés de toutes obédiences pour se faire un peu d'argent de poche en faisant miroiter une porte de sortie: espère, mon frère, espère! En hébreu, en latin, en arabe, en mandarin. On commence à quatre pattes pour terminer en fauteuil roulant. C'est la roue qui a permis le progrès humain, la roue, rien d'autre. Au lieu de ramper, on roule. Ici, aux Cannabis, la salle commune s'appelle Le Parking. Ils sont là, en attente, un ramassis d'hommes et de femmes affalés sur leurs chaises percées à roulettes. Ils sont immobiles devant la télé, regardent les clichés débités par la boîte lumineuse. La maternelle…

Retour à la maternelle… « Tiens, Jeannot, une image parce que tu as été sage." Le siècle a été généreux. Il nous a fourni nos cauchemars quotidiens et des petites pilules pour mieux les digérer. C'est un siècle charitable.

Aucun son ne sort du téléviseur. La première fois, j'ai demandé pourquoi.

– Simple, m'a répondu le garde, ils sont sourds. Ça nous permet de travailler sans bruit de fond. On file bien des hochets aux gamins, pourquoi pas la télé pour les autres ?

– Qu'est-ce qu'ils attendent devant leurs écrans ?

– Ce qu'ils attendent ? Mais rien… Qu'est-ce qu'ils peuvent encore espérer ? Rien.

Rien… le rien des vieux… quatre lettres richissimes, à la fois pronom indéfini, nom masculin, adverbe. Qui dit mieux pour définir l'étape avant le néant ? Avec un bémol : l'heure de la bouffe ! Le merveilleux retour au stade oral. Au diable, les psys, il ne s'agit, ici, que du dernier moment de plaisir qui existe encore, une jouissance-réflexe déclenchée par un bref son de cloche. Exactement comme pour les chiens de Pavlov ! La cloche ! Chouette, on va manger !

La salle à manger. Pas de réfectoire, aux Cannabis, on n'est pas dans une colonie de vacances ou à la cantoche du collège, non, ça nuirait au standing.

Une grande pièce rectangulaire, bien éclairée, avec ses patients silencieux. Certains ont des perfusions plantées dans un avant-bras maigrichon. Les tiges brillantes de métal, avec leurs sacs de sérum accrochés au sommet, donnent un air incongru à toute l'assemblée. Hôpital ? Non. Salle d'embarquement, plutôt… Mais pour aller où ? Les porte-perfusions deviennent des antennes en attente d'un message venu de l'espace et la salle n'est plus que la copie d'un Pleumeur-Bodou dérisoire qui émettrait des SOS muets.

Devant des tables carrées en plastique bleu, quatre chaises, sans mention de priorité, marquent la place de chacun. Ils sont tous égaux, les convives mentalement handicapés, tous.

Déjeuner. A ma gauche, Henri, Riquet pour la serveuse. Il se tient droit, mon voisin, lorsqu'il arrive, appuyé sur une canne à pommeau d'argent, un truc d'un autre siècle. Il porte une veste marine à boutons dorés avec la tache incolore d'un ruban d'un ordre quelconque créé par la République pour remplacer les grands cordons, croix et crachats d'autrefois. Un méritant, cet homme, sinon pourquoi l'aurait-on décoré ? Ce n'est pas un arbre de Noël que je sache. La terre est pleine de ces gens-là. Des Lilliputiens, des Lilliputiennes, dignes d'estime, la leur, celle qu'ils se sont décernée toute leur vie durant.

Riquet. Il s'incline, penche son buste à croire qu'il va vous lécher les pieds, s'installe.

Ma voisine de droite, Nini, cesse de saliver et se courbe sur son assiette. Du bout de sa fourchette, à petites becquées, elle se remplit la bouche. Le plein fait, elle recrache le tout.

Mon méritant, lui, mange dignement. Mais ses bronches fatiguées émettent un sifflement qui envoie sur la table le contenu de sa cuillère. Ah… les bronches de Riquet ! Personne aux Cannabis ne peut les ignorer : elles sifflent, graillonnent, ronflent sur une gamme qui englobe sans doute, aussi, les ultrasons. C'est agréable de dîner en musique.

Le quatrième convive est absent. Il est mort, hier soir.

Véra, l'infirmière qui s'occupe des grabataires, surgit, me regarde et me fait don d'une grimace.

Toute la maison l'appelle Laurel. Personne n'aurait pu imaginer un autre surnom. Elle l'a vaillamment gagné en faisant des fellations à quelques clients de la baraque. Elle les encourage en leur murmurant après une rapide caresse : "Allez ! Hardi, petit, ça vient, hardi pépère, hardi !" Eux ravis, quand ils survivent, lui allongent un billet de cinquante euros lorsqu'ils les possèdent.

Une façon comme une autre pour Laurel d'arrondir ses fins de mois. Pas plus déshonorant que de bosser dans la téléréalité, d'être un journaliste aux ordres ou de se tortiller dans un show pour teufeurs. On se secoue en cadence et on jouit. La fille me déteste depuis que j'ai refusé ses propositions. Elle choisit ses patients parmi les plus potables et fait un tri sévère des offres de service des pensionnaires qui espèrent, encore une fois, une seule, escalader les nuages ! Pour ma part, j'ai enfin atteint le nirvana : les femmes ne m'intéressent plus.

Salope de Véra ! Salope, oui... Non pour ses actes, chacun vit sa sexualité comme il peut et se vend comme il l'entend, mais salope pour sa façon de mépriser ses clients. Je l'entends parfois faire des confidences à ses collègues et j'éprouve des pulsions de haine, des bouffées de violence à l'égard de "Madame Véra" comme l'appellent les visiteurs.

– Alors, Einstein... On veut toujours nous quitter ?

– Non, Laurel, je resterai ici tant que tu seras là.

Elle marque le coup. L'allusion à Hardy en passant par son partenaire a fait tilt. C'est elle, cette fois, qui a une envie de meurtre à mon égard.

Elle hausse les épaules, s'éloigne.

Chaque fin de mois, je m'assieds sur le skaï des fauteuils de l'entrée. Je suppose que là-haut, la salle d'attente, chez Pierre, Ducon ou Belzébuth, est meublée de la même façon. C'est noir, glacial, ça colle aux fesses. Je suis en attente de transfert vers… vers quoi? Je m'en tape. J'ai été enfant de chœur dans mon enfance. J'aidais le curé à servir la messe. La foi m'a quitté. Je crois surtout que c'est moi qui suis parti. Croire… c'est chouette de croire… ça aide. Moi, ça m'a achevé lorsque j'ai découvert certains trucs pratiqués par l'abbé "Chut-Chut" après l'heure du caté.

Il avait une servante, Léontine, une Bretonne pas encore hors d'âge, une petite bonne femme très avenante qui occupait toutes les fonctions dévolues à nos compagnes et avait valu au prêtre ce surnom de "Chut-Chut!". Il essayait, lorsqu'il la ramonait rondement, de la faire taire à l'instant où elle prenait son pied à quatre pattes sur la table de la sacristie. "Chut-Chut!"

La grande révélation de mon enfance, je l'ai eue le jour où je les ai vus à l'œuvre. Tous les mômes ne pensaient qu'à "ça". On en parlait sans cesse entre copains. La différence existant entre le cours de morale du caté et le quotidien, je l'ai découverte ainsi. J'étais resté caché derrière un pilier et je me demandais pourquoi il la faisait souffrir, cette brave fille. Le lendemain, nous étions quatre à attendre l'instant fatidique. Tout s'est gâté lorsque Paulo, un des enfants de chœur, a éclaté de rire. Faut dire qu'à froid, elle est assez marrante à regarder cette leçon de gymnastique avec ses contorsions diverses sur un fond sonore d'onomatopées et de plaintes. C'était ça, l'amour physique, pour des mouflets impubères. S'en est suivie une scène de panique du côté des adultes. Résultat ? Plus de cours d'éducation sexuelle. Plus tard, j'ai changé d'avis sur la question.

Mais ce n'est pas le moment de cogiter, mes mômes ne vont pas tarder.

Un taxi s'arrête.

Je me lève. Une fille descend de la voiture et entre dans l'immeuble en vis-à-vis.

Patience.

J'attends.

Ma pouponnière de gâteux heureux ne contient que ça, des hommes, des femmes en attente. Stand-by pour ailleurs…

Moi aussi, j'attends. J'ai l'éternité devant moi. Un truc simple, l'éternité, très simple. Mesurer le temps qui passe, compter les heures, les jours, les ans, attendre celui qui ne viendra pas. Une vraie comptabilité de l'absence. Et on recommence : mesurer le temps qui passe, compter les heures… L'unique occupation des vieux.

Dehors, la circulation s'est faite plus dense.

Je guette un grincement de freins, un appel : "Oh, papa ! J'arrive !" Ce n'est jamais Grouchy qui pointe le bout de son nez. Blücher est toujours à l'heure, lui ! Enfin, elle va cesser cette impatience de toute ma carcasse, ce désir fou de sortir de ma cage. Comme tout un chacun, je suis venu au monde en gueulant. J'aimerais m'en aller dans un sourire, celui que m'offriraient ceux que j'aime. Avec la mondialisation, les sourires ont sans doute été délocalisés eux aussi, sinon pourquoi mes gamins me feraient-ils attendre ?

Chaque fin de mois, les pensionnaires nouveaux passent, regardent mon bagage mais leurs yeux ne sourient jamais. Ils ont tous la gueule du taulard néophyte. J'en ai connu durant l'Occupation. La face fripée, toujours fripée par l'angoisse, que présente un gars qui vient de passer sa première inspection durant le cérémonial de l'enfermement. Les empreintes digitales apposées sur le livre d'écrou, les objets personnels déposés au greffe, chaque néodétenu, culotte en fuite sur les chevilles, cul nu, courbé en avant, doit tousser pour "montrer" aux gardes que son anus ne cache rien de répréhensible, style couteau, lime, téléphone portable ou mitrailleuse lourde.

Seuls les anciens m'interrogent.

– Tu t'en vas, Einstein ? Tu rentres chez toi ?

Non, bonhomme, je ne rentre pas chez moi. J'attends. Je suis entre parenthèses entre mon passé, ma chambre du troisième, mon appartement laissé vacant depuis... je ne sais plus... et mon futur. Il faut que je recompte, je m'emmêle les pédales à la fin... Depuis... Et merde ! Chaque fin de mois, je suis l'attraction des Cannabis – Centre de retraite et de convalescence. Mon mouroir ne porte pas ce nom, mais je préfère l'appeler ainsi plutôt que la maison Espérance. Non ! Je déraille, aucune boîte de ce genre ne porte pareille enseigne ! Aucune.

Dans la série "La retraite en chantant", Sébastien Lesquettes présente :

"Albert Einstein s'est évadé."

Retraite ? Non ! Capitulation... Tous mes compagnons de chaîne ne sont que des vaincus, avec pour seule excursion le tour de leur chambre. Démolis par l'âge, leur boulot, la langue de bois, leur entourage, la connerie ambiante. En vieillissant, par manque de temps, on oublie d'être tolérant. Oui, les vieux sont entourés...

comme une troupe de soldats abandonnés et cernés d'ennemis. Tout jeunot, en 1940, j'ai connu Dunkerque et je sais ce que cela signifie "Être fait aux pattes" ! Les anciens, ceux dont la mort n'a pas voulu dans leur lointain passé, payent la rançon de leur longue existence, ils sont devenus vieux, immobiles, faits aux pattes, eux aussi !

Vieux ! Le sale mot. Si cradingue que les médias, les macs et autres marchands de perlimpinpin, lui ont trouvé un euphémisme : seniors ! Comme une catégorie de sportifs. Ah, courir le cross du *Figaro* dans la section des seniors… Je ne vois aucun homme sensé s'engager dans le "cross des vieux". Seniors ! L'apogée d'une vie… Seniors ! Les chiens ! Vieux… Un substantif qui a, évidemment, perdu le charme de la jeunesse. Parce qu'elle a du charme, "la jeunesse" ?

Devenir vieux… Ça commence par une articulation qui grince, la vue qui baisse, un pénis qui refuse de lever la tête. Arrive le stade suivant : on urine en morse ! La prostate, précise le toubib, la prostate. Imbécile ! Comme si on pissait avec sa thyroïde ! Lentement, on devient un substitut de Robocop ! Un être hybride au langage humain, au regard modifié par les implants après cataractes, un zombie aux oreilles munies d'une merveille électronique si précise que Beethoven n'aurait jamais pu écrire une note s'il l'avait utilisée pour sa surdité. Un plus ? Les saphènes prélevées sur les mollets pour irriguer les coronaires. Résultat ? On respire avec ses pieds ! C'est tout ? Non, vos dents vous appartiennent, elles… vous les avez payées ! Restent les couilles ! Avec un bon lifting ça devrait s'arranger. Je n'y ai pas encore pensé. On remonte bien les poitrines des dames… Pas question de laisser tomber…

Devenir vieux…

Ça s'enchaîne… par le nom d'un pote, d'une copine, que l'on raye dans son carnet d'adresses. Un premier s'en va… un deuxième suit. Une porte se ferme, puis une autre. Le chagrin se cicatrise, laisse une marque qui s'efface lentement dans le souvenir. Disparaître… un fondu enchaîné comme au cinoche. La lumière s'éteint, le souffle s'arrête. Ouf! Le terrible n'est pas la disparition de l'âme, ce pseudo-leurre de l'immortalité inventé par les clercs, encore moins la dissolution du corps dévoré par les vers, faut bien que chacun vive, n'est-ce pas, ce qui est terrible c'est la fonte de la mémoire, le flux qui emporte un million de souvenirs, l'expérience perso noyée dans le néant. Les idées, la foi, le talent, l'amour ne sont plus que des grains de sable que la mer emporte. Vieillir… c'est devenir indifférent.

Putain de vie! On cesse d'être un bébé lorsqu'on contrôle ses sphincters; on devient un vieillard lorsqu'on ne les maîtrise plus. Entre deux crottes… l'existence balance. Un parcours merdique et bleu ciel. Le mien a été multicolore. Poivre et seul, scoumoune et bonheur, un graphique avec des creux et des bosses. Comme les seins et les fesses de Paula. Ah, Paula…

Téléphone.

Chaque semaine, le cri résonne dans le réfectoire.

– Bastien! Téléphone!

Elles ne m'ont pas abandonné, mes chères têtes blondes.

A tour de rôle, mes mômes m'appellent: lundi, c'était Arnaud. La semaine précédente, Margot. Yann s'est fendu d'une communication il y a quinze jours. Toujours les mêmes fausses questions, toujours les mêmes non-réponses.

Arnaud… Mon aîné… Le pur résultat de notre univers né de la copulation du marxisme stalinien en échec et de la bureaucratie énarchique en expansion, l'homme qui passe un examen plus vite qu'une réforme scolaire. Bac + 12, 25 ou 38, je ne sais plus ! Un pseudo-intellectuel, un con à diplômes qu'il porte morts autour de son front. Ça brille, ça cliquette, c'est vide. Avec un plus : le blablabla en sautoir. Le mec qui a toujours une réponse à une question qu'on ne lui pose pas. Surtout lorsqu'il s'agit de sauver l'humanité souffrante, bref un tiers mondain lobotomisé qui ne sait pas encore qu'en voulant sauver tout le monde on ne sauve personne. Il veut tout changer, tout ! Mais ne propose rien pour remplacer ses démolitions permanentes. Rien ! Sinon des théories qui échouaient déjà en 1905 ! Il est producteur-réalisateur ! Ouais, il existe ce boulot-là. Une vedette de la télé, qu'il est, mon gars. Il produit. Quoi ? Dieu seul le sait, c'est pour ça qu'il se cache. Le produit du produit lui permet de vivre, à mon gamin. Il réalise, aussi… Des thrillers écolos, des navets, pour des mamies centenaires. Elles en tremblent dans leurs culottes. La seule chose capable de faire encore trembler des vieilles à la MAO, ménopause assistée par ordinateur, encore pire que pour nous. Une fois opérés de la prostate, plus de soucis, les mecs ne seront plus jamais pères mais elles… On voit des maternités à soixante-cinq berges ! C'est ça, la recherche, vive le progrès ! Bordel ! Arnaud… Il fabrique des images pareilles à celles des cinéastes branchés sur leurs joujoux électroniques, mais un cran en dessous si c'est encore possible, à peine un metteur en film, comme si un typographe qui compose le texte d'un autre pouvait se prétendre écrivain. C'est en mélangeant tout que les nains arrivent à passer pour des géants.

Que dire de Margot ? Ma poupée adorée… lorsqu'elle avait trois ans ! Elle a grandi. Le temps a fait son boulot et je l'adore moins, beaucoup moins.

Mon bébé… Elle ressemble toujours à un tableau de Kandinsky : magnifique à regarder et incompréhensible dans son expression, surtout lorsqu'elle ouvre la bouche. Après un séjour de dame patronnesse dans le charité-bizness, fonçant vers l'avenir le regard collé à un rétroviseur, Margot "fait" dans la communication. Ce truc incompréhensible qui apprend aux happy few comment mieux vendre leur salade, leurs lubies, leurs pulsions. La communication… le sas entre le vide et le rien. Paraît que ça s'enseigne à l'université.

Margot ! La pigeonne idéale, imprégnée de pub, pour toutes les offres mirifiques destinées à améliorer votre vision après l'achat de la cinquième paire de lunettes, à posséder une chevelure de comète grâce à un shampoing qui, en plus, vous fait des hanches fines – forcément, il contient du potzanium-oxygéné-au-ska-plus, le dernier des polluants issus des cornues de nos alchimistes.

Elle achète… achète… achète… pour avoir, enfin, un faux cul de déesse antique, la dernière bagnole à pilotage automatique et à lave-pieds incorporés, le portable qui vous chuchote des mots d'amour lors de l'utilisation du must, le nec plus ultra des vibromasseurs. C'est la cliente idéale pour les périodes de soldes dans les boutiques. Elle se fiche de l'objet acheté, pourvu que ce soit une "affaire" ! Ce qui lui permet ensuite de militer dans une association pour lutter contre la société de consommation. Au pied, les clients ! Les chiens couchants, les snobinards et les veaux ! Au pied ! A la troisième sommation, je tire ! A genoux, les hommes ! Debout, les cons sommés ! Tous les gourous du XXe siècle se sont plantés avec leurs slogans politiques de pacotille, alors que *"Votre fric m'intéresse!"* d'un génie inconnu, hélas, sont devenus les maîtres mots, la pensée majeure de notre petit paradis terrestre. Margot! Un peu nymphomane sur les bords… mais ça… grand bien lui fasse!

Quant à Yann, je me demande où et quand j'ai raté le passage du témoin.

Encore un gars que je classe parmi les néostendhaliens, les adeptes du noir après un passage dans le rouge. Pauvre M. Beyle, il ne méritait pas ça!

Après une initiation à l'écologie avec des gus qui ne se bougeaient qu'en 4×4, un stage à l'extrémité de la gauche, là où commence le saut dans le vide, à l'endroit où le slogan remplace le raisonnement, le lieu où la maladie infantile se métamorphose en sénilité pour devenir une qualité, il milite. A l'extrême droite, évidemment, chez les anachroniques et les dinosaures, les racistes attardés, les adeptes du surhomme, les gars XXL. Évidemment antisémites. Peuvent pas être autre chose, ces types. Tous pareils, tous sortis du même moule, formatés sur le néant… Des êtres qui ont raté le message lorsque l'espèce a renoncé aux sacrifices humains pour passer au culte de la vie. Pour supporter leurs abysses affectifs, leurs abîmes culturels, ils s'imaginent que les juifs sont aussi vils, aussi nuls qu'eux-mêmes… De là à vouloir détruire leur propre image… C'est moins douloureux en tuant les autres, évidemment.

Il est juriste. Normal, il ne pouvait pas être autre chose qu'un casuiste sans morale.

Je me suis toujours dit qu'il y avait trois types de malfaisants sur la planète: le juriste, le psy et le con. Si je veux commettre une saloperie, je trouverai toujours un juriste pour justifier mon acte, un psy pour l'excuser et un con pour me pardonner.

Paranoïa oblige, je n'entre dans aucune de ces catégories même si j'ai été un peu balourd dans mon comportement familial.

Qu'est-ce que j'ai fait à mes gamins pour mériter ça ? Les Cannabis ! Les mensualités pour régler mon séjour sont prélevées sur mon compte bancaire, pas de lézard de ce côté. Autant de blé que mes chers petits n'auront pas. Si j'avais su… je me serais fait stériliser ou je me serais branlé toute ma vie, plutôt que de faire des enfants. Vive saint Onan ! Protecteur de la famille véritable… celle qui n'existe pas… Oh, les croyants ! Priez pour nous, les pères de famille adorés par les commerçants le jour de la Fête des Pères, des Mères, lorsqu'on célèbre la Saint-Con pour augmenter le cash-flow des boutiquiers. Sans oublier les notaires au moment où… Les enfants… Tendres et merveilleux salopiauds !

Qu'est-ce qui m'a pris ce matin ? Pourquoi ai-je décidé de franchir le Rubicon ? Peut-être le fait d'avoir revu Paula en rêve. Je pensais l'avoir effacée de ma tête, de mon corps. Faut croire que non. Qu'est-ce que j'ai fait de sa lettre ? Je n'ai pas oublié ce qu'elle m'avait écrit, trois ans auparavant, pas plus que son adresse, dans le XIIIe arrondissement. Paula m'appelait. D'habitude, je ne me déballonne pas, mais là… j'ai choisi l'abstention. Faut que je comprenne "pourquoi". Je vais y aller.

Vont avoir une surprise en nettoyant ma chambre, les soignants, les surveillants et les gardes-chiourme de ma nursery-prison. Oui, c'est le terme exact, une nursery-prison.

Par la volonté de mon entourage, je suis redevenu le bébé que j'ai été, torché, lavé, nourri, haï. Je crois que mes parents m'ont détesté. Je n'étais pas "souhaité" selon les ragots familiaux. Une nuit d'hiver, papa a oublié de faire marche arrière. Résultat? Moi! En personne! Sébastien! A ma naissance, la contraception relevait du mythe, du bidet ou de la faiseuse d'anges... Magnifique expression! On empêche un fœtus de devenir un môme et on baptise cette pratique "faiseuse d'ange"! Le ciel est un triste endroit mais de là à penser que les anges se planquent entre les cuisses des filles me laisse rêveur. J'y ai même trouvé du plaisir, mais jamais de courtier entre Dieu et moi.

La cigarette achevée, j'ai jeté le mégot dans le lavabo et j'ai regardé en jubilant la nicotine déposer sa tache brune sur la faïence blanche. J'ai ouvert la fenêtre de la chambre pour évacuer l'odeur du tabac. J'adore fumer, pas sentir le parfum froid de l'herbe à Nicot.

Pas un bruit n'arrivait de l'extérieur. Tous les pensionnaires des Cannabis dormaient encore, coincés entre leurs pets, leurs douleurs et leurs cauchemars.

J'ai repris la liasse de feuillets, les bribes du journal que je tiens depuis quelques semaines. Une envie subite d'écrire, d'expliquer, de m'expliquer. *Basta, cosi!* Ça ne sert à rien.

Relecture de mon texte, de ma "recherche du temps perdu". Temps perdu! Encore une formule d'écrivain. Le temps n'est jamais perdu. Une pensée non suivie d'un acte trouve une autre pensée, une fille pas baisée cède sa place à sa voisine, un faux ami éjecté trouve toujours un substitut dans un ersatz de copain. Et aux vacheries non vécues succèdent de vraies saletés. Gardez le moral, les hommes! "C'est pas d'la soupe, c'est du rata!" Tête droite! Bombez le torse! Vous êtes beaux! Dieu vous a fait à son image. Au pas cadencé… En avant… Marche! Faut bien vivre, non?

Je veux m'en aller.

Être libéré des contraintes, être libéré de la culpabilité, être libéré de l'amour, ne plus avoir à aimer son prochain comme soi-même, ne plus avoir à s'aimer, c'est ça la liberté. M'en aller… Ficher le camp… Changer d'ailleurs.

Ailleurs… un simple adverbe, un lieu placé au cœur d'un amour, au creux d'une chute de reins, au milieu d'une phrase, voire sur la courbure de la terre et dont le point central se situe là, chez vous, dans votre tête, chez le voisin, sur le boulevard.

Assez de marcher sur place, de piétiner sans avancer. Je ne veux que bouger avec moi pour ne plus être seul. Je veux m'en aller, me tremper dans le rêve jusqu'au cou, je veux m'en aller, partir, rencontrer des hommes, des vrais, avec des couilles, du cœur, des idées et des poings; croiser des femmes qui soient des femmes, pas des sexes en uniforme dans leurs têtes et dans leurs corps. Des filles qui aiment, jouent, chantent, enchantent. Seule une Ève pouvait concevoir une vie ludique que les fiers-à-bras masculins ont gâchée avec leur logique de cons. A moi les nénettes tendres, les nanas pensantes, marchant dans la vie le mépris aux lèvres à l'égard des gourous, mâles et femelles qui ne vivent, eux, qu'entre les pages glacées des magazines avec un conseil à la bouche, une plume dans le cul et un godemiché au poing. Peut-être que je rencontrerai Dieu? "Ne souhaite pas trouver Dieu ailleurs que partout!" Forcément, puisque nous savons tous que la foi se trouve même chez les charbonniers. Oui… mais… de nos jours, on a fermé les mines et mis les bougnats en préretraite. Mais trouve-t-on Dieu dans une maison de retraite ?

Je vais partir. Trouver mon ailleurs. Pas celui de mes rejetons, pas celui de mes voisins du purgatoire, pas celui des nouveaux conquérants de la Toison d'or qui vont la chercher dans une console de jeux électroniques trouvés au supermarché. Non ! Mon ailleurs, le mien, ma liberté de voir et d'agir même si on me rabâche que j'ai passé l'âge ! L'âge de quoi ? Je serai autre. *"Je est un autre"* et ce sera moi : un clandestin qui, après avoir crapahuté dans les déserts et les steppes, traversera les océans en risquant sa peau pour trouver son ailleurs. Je cesserai d'être un taulard rêvant de "se faire la belle" pour redevenir ce gamin qui baguenaudait et se retrouvait dans l'école buissonnière.

Michel, mon vieux copain d'enfance, un juif, m'a raconté que les déportés des Lagers, les hommes des ghettos, pour supporter un Ici insupportable, s'étaient inventé un Ailleurs qu'ils avaient baptisé Pitchipoï. Mais ceux qui s'embarquaient pour ce lieu inconnu ne revenaient jamais. C'était l'Ailleurs absolu dont personne ne pouvait parler. Pitchipoï... le lieu où seuls les morts survivaient. C'est décidé... je pars... Pas demain, maintenant. Sans bagages. Avec ma valise, le vigile de la porte ne me laisserait jamais sortir des Cannabis.

Je vais retrouver Paula. La seule femme à m'avoir entraîné "au-delà" !

Rasé, douché, habillé en civil, je suis prêt. Finis le pyjama et la robe de chambre, uniformes de malades, de grabataires ou de couleuvres.

Le manuscrit en main, en prenant mon temps, j'ai déchiré les feuilles une à une. Les morceaux de texte balancés, à la volée, semblaient me sourire du fond de la minuscule baignoire sabot de la salle de bains attenante à ma chambre.

J'ai ouvert le robinet en laissant couler un mince filet de liquide. Mes yeux n'ont pas quitté l'amas de papier et souriaient en le regardant se gorger d'eau.

Pas d'ascenseur pour atteindre le hall. C'est à pied qu'Icare s'est envolé.

Le cerbère de garde a levé un œil étonné.

– Déjà levé, Einstein ? Tu as vu l'heure ?

– Je sais, il est tôt. Mais je vais chercher le journal.

– T'as pas le droit de sortir seul.

– Tu ne crois quand même pas que je vais me barrer des Cannabis ? Je veux seulement lire le compte rendu de la bagarre entre les supporters, hier soir, lors du match de foot au Parc. Il paraît que c'était épique.

Le mercenaire sourit.

– Ouais ! Quatre pains à zéro ! Ça, c'est du jeu !

La porte franchie, j'ai allumé une nouvelle cigarette. Direction ? Place d'Italie. Un balayeur, badgé “Propreté de Paris”, a eu un sourire en me voyant passer. Un vieux type qui sifflote dans le petit matin parisien, c'est rare.

Kiosque à journaux. J'ai hésité. Bof! D'abord, je n'ai pas d'argent, quant aux nouvelles je les connais par cœur sans avoir à ouvrir un canard. On se tue sûrement quelque part pour du pétrole, un bout de terrain, une religion révélée qui ne débouche que sur de l'obscurité, un scandale de pots-de-vin ; quant aux hebdos… Entre “Le salaire des cadres", "Les juifs", "Que reste-t-il du parti communiste ?", "Les francs-maçons", entre une pétition pour la canonisation et le transfert des rock stars au Panthéon, les cours de l'immobilier ou la dernière grève des enseignants, je ne vois pas ce que je peux y trouver.

Un taxi en maraude dévale du boulevard. Je lui fais signe. J'embarque. Le conducteur, un black aux cheveux coupés court, m'interroge :

– On va où, monseigneur ?

Monseigneur... ça change de Bastien ou d'Einstein.

– Gare du Nord.

Pourquoi Gare du Nord et non les Champs ? Et pourquoi pas Gare du Nord ?

Je souris en repensant au robinet laissé ouvert dans le cabinet de toilettes. Dans une heure, l'eau coulera dans le couloir. L'image de Laurel s'incruste dans le pare-brise. Je la vois, penchée vers le sol, une serpillière à la main, j'imagine son petit derrière bien moulé dans sa blouse blanche et les réactions de mes copains de prison, les "p'tits vieux" en extase devant ce rêve devenu inaccessible.

Le fou rire m'a pris. Incoercible.

Le regard étonné du chauffeur s'est reflété dans le rétroviseur.

Oh, du calme, Bastien. La liberté est une chose grave.

Voix du chauffeur.

– Ça va ?

– Ouais, c'est nerveux, je pensais aux courbes d'une copine.

L'autre sourit.

– Moi, cette idée-là ne me rend pas nerveux, mais rêveur. Je vous laisse où, à la gare ?

– Aux grandes lignes.

Le taxi se dirige vers la Seine.

– Stop !

L'autre s'exécute, se gare le long du trottoir.

– Je vais descendre ici.

– Je croyais que vous alliez à la gare du Nord ?

– Exact, camarade, exact. Mais j'ai changé d'avis.

– Comme vous voudrez. Pourquoi m'avez-vous appelé "camarade" ?

– Parce que je suis un homme libre comme votre bahut et vous maintenant. Vive la liberté ! Ah, autre chose… Je n'ai pas d'argent pour vous payer et les banques n'ouvrent qu'à neuf heures. Vous me faites crédit, je vous promets de vous envoyer un chèque dès que…

Le conducteur a levé un sourcil.

– Oh ! Ça va pas, la tête ? Tu crois que je vais te laisser partir sans régler la course ? Pour profiter de mon heure de bonté, fallait passer hier, mon pote. Crédit est mort. Tu es mon premier client de la journée et je suis superstitieux, je ne vais pas commencer mon boulot en me laissant plumer.

– On se tutoie ? T'as raison, seuls les intimes, les flics et les fauchés le font.

– J'suis pas de tes amis. Que je sois fauché ou pas, ce n'est pas ton problème, mais toi… tu en es un pour moi. Il y a huit euros au compteur.

– Euros ou pas, je n'ai pas un fifrelin sur moi, pas un maravédis, pas un sesterce.

– Oh, calmos ! Tu travailles dans un bureau de change, peut-être ? En attendant, je ne bosse pas pour la gloire. Il y a huit euros au…

– Je sais, tu me l'as déjà dit.

Son regard s'est fait plus fixe. Je suis sûr qu'il croit que je me fiche de lui.

– Ok. On va chez les flics.

– Tu as tort, camarade. Laisse-moi partir, je t'assure que tu seras réglé.

– Ouais, demain on rase gratis.

– Qu'est-ce que tu peux faire d'autre ? Je viens de me barrer de ma maison de retraite, je n'ai pas un centime, même pas de quoi m'offrir un café.

– Pourquoi je devrais te prendre en charge ? Je ne te dois rien. Mais toi, tu as une course à régler.

– Tu veux avertir les poulets ? Vas-y ! Tu vas perdre ta matinée, ils vont te faire chier parce que tu es black, tu n'auras pas un rond et ils vont me ramener dans ma cage. A mon âge, pas un procureur de la République ne passera à la télé pour expliquer pourquoi je me suis fait la malle. Aujourd'hui, Sébastien, Bastien pour ses potes, s'est fait la belle ! La belle... Tu connais un mot plus fort que celui-ci comme synonyme de liberté ? Je suis libre et je ne peux pas te payer maintenant. Donne-moi ta carte et tu auras un chèque au courrier demain.

Le regard du conducteur reste collé au mien.

– Pourquoi tu es parti ?

– Bonne question, comme disent les politiques lorsque tu leur sors une connerie. Bonne question, mon camarade... tu sais pourquoi un mec se suicide ? Non ? Parce que, un jour, sans motif apparent, sans une vacherie supplémentaire à celles qu'il a encaissées toute sa vie, un gars se dit : "Ça va comme ça ! J'ai mon compte !" Pas de préavis, pas d'entretien de prélicenciement. Il se fout à la porte sans aide aucune, saute une barrière qu'il est seul à voir, et hop ! Terminé ! Avec, pour oraison funèbre, une voix anonyme qui annonce : "Par suite d'un incident voyageur, le trafic est interrompu sur la ligne n°9 !" Le trafic est interrompu... *Out !*

Je suis un homme âgé en fin de partie. C'est dur d'être vivant jusqu'au bout ! Dieu, que c'est dur ! Je ne manque de rien, je suis propre sur moi ; j'adore cette expression "je suis propre sur moi", je pourris sur pieds dans une maison correcte, on me nourrit, me lave, me soigne, mais j'estime qu'à la fin de mon existence j'ai le droit de voir autour de moi autre chose que des débris de vie. Et je veux retrouver Paula. Ah, tu veux savoir pourquoi j'ai fait le mur, ce matin ? Alors, écoute.

Citoyen modèle, j'ai voté, payé mes impôts. J'ai même sacrifié au mariage et fabriqué trois enfants. T'es marié, toi ? Le mariage... tu crois que c'est pour la vie et tu t'aperçois que ce n'est que "pour un moment", comme dans tout hôtel de passe qui se respecte. J'ai aussi fait la guerre ; je me suis même évadé d'un oflag* pour continuer à me battre contre les nazes et leurs innombrables imbéciles de kopains. N'étaient pas tous cons les kollabos, beaucoup ont fait fortune et se sont remis de leur chagrin de voir la guerre finir si vite après un purgatoire sanglant de un, deux ou cinq ans d'indignité nationale. Certains ont même été condamnés à l'indignité nationale... avec sursis ! De vrais fauves, les épurateurs !

– C'est quoi, ça, ce truc, l'indignité nationale avec sursis ?

---

* *Oflag* : camp de prisonniers de guerre pour officiers. *(Toutes les notes sont de l'auteur.)*

– Personne ne le sait. Il y avait aussi les autres, les mous, les mollabos, ceux qui croyaient que la sodomie serait moins douloureuse en offrant ses fesses à l'occupant. Avec ou sans vaseline, une bite au cul, même volontaire, est une bite au cul. Y en a qui aiment. Libres à eux. Moi, c'est pas mon truc. Mon père aimait. Il n'était pas nazi, pas raciste, ne croyait pas aux super-mecs aryens, mais il pensait que ces chiens allaient l'emporter. Quelqu'un m'a dit qu'il était franc-mac... ça ne l'empêchait pas d'aller à la messe le dimanche. Quelle est la différence entre un atelier maçonnique et une église ? Il avait la foi, disait ma mère. Pour moi, c'est un truc réservé aux charbonniers, pas aux juristes dont était mon père, Maître Lesquettes, avocat à la cour. Pas la basse, bien sûr. Manquerait plus qu'en France on renonçât à la hauteur. Tout est grand ou haut dans notre beau pays. Hautes études et grandes écoles, Autorités de même taille, Conseils et Instituts supérieurs... ce n'est qu'en république qu'on devient une altesse.

Le prototype de celui qui a fait le "mauvais choix". Tu te rends compte, certains ont fait le "mauvais choix"... C'était simple, tu choisissais la vie ou Dolfie Hitler. Où était le choix là-dedans ? Le mauvais choix... A hurler de rage, à pleurer de honte, à grincer des dents, à mordre, à se la mordre... Autant être du côté des gagnants, m'a expliqué mon papa. Pas assez salaud pour ça, il n'a dénoncé personne mais, gros malin, s'est fait nommer administrateur de biens juifs. Bref, fortune faite, en mai 1944, un mois avant le débarquement, il a changé de choix : il a caché un juif. Lorsque les Ricains sont arrivés, mon géniteur a simplement oublié de le sortir de sa cave. L'autre a continué à raquer. Dans la vie tout s'arrange : le “caché” n’ayant plus de fric, papa l’a viré. Le planqué ne risquait plus rien, la guerre venait de s’achever. S’il avait eu assez d’argent, il y serait peut-être encore. Va savoir. Mon père, on l’a décoré pour ça. Merci, m’sieur !

Oui, mon camarade… il était comme ça, mon papa ! Un homme qui aimait sa femme, sa maîtresse et son fils unique. L’unique… c’était moi. Tu sais ce qu’il m’a dit avant de claquer ? “Tu verras à quel point je t’ai aimé lorsque tu verras ce que je t’ai laissé !” Lui, sa tendresse, il la mesurait en louis. Il effeuillait l’amour comme s’il s’agissait du cours de l’or.

Je t’aime… Sesterces, sous, ferraille, mitraille.

Un peu… Francs, roupies, dirhams, euros.

Beaucoup… Des millions, encore des millions, toujours des millions, livres, yuans, pétrodollars.

Passionnément… De l’or, en louis, en lingots, en barres.

– T’as du feu ?

Il me tend son briquet. Je fume.

– Et ta mère ?

– Elle passait à côté, à côté de tout, de l’amour, de l’argent, de la vie. Non, elle ne passait pas, elle était en dehors, comme des tas de femmes de ce temps-là. Pour le sexe, je ne sais pas. Quel enfant imagine un instant que ses parents baisent ? Il y a eu erreur d’aiguillage dans les voies du Seigneur, oui, une grave erreur. J’ai déboulé dans une famille qui n’était pas faite pour moi. Ou vice-versa, va savoir. Question tendresse, je ne peux t’affirmer qu’une chose : si j’étais né orphelin, j’aurais eu la même mère. Il y a des gamins qui ont du bol, pas de parents, point. Ils n’ont pas d’effort à faire pour aimer quelqu’un que tu laisses indifférent. C’est un truc pire que la haine, l'indifférence, pire. En haïssant quelqu'un, tu lui laisses un sentiment d'existence. Tu ne peux pas détester quelqu'un qui est transparent. J'étais un môme de verre pour ma maman chérie. Bizarre, je n'ai commencé à vivre qu'à la guerre, là où les hommes se font dessouder.

Rien que pour l'emmerder, l'avocat, je serais devenu résistant. Mais ce n'est pas pour ça que j'ai fait ce que j'ai fait. C'était pour Léa, pour tous ceux qui restaient sans défense, pour rendre le pays un peu plus propre, que je me suis mêlé de cette immense tuerie. Fallait bien que quelqu'un reste debout dans l'immense coucherie née de la défaite. J'suis un résistant, *hombre*, reconnu, décoré, ignoré. J'ai même une carte de Résistant. On l'a foutue en carte, comme une vulgaire pute, cette épopée de quelques milliers de cinglés qui ont simplement dit non, non à la connerie. Dur, dur de penser libre, de dire, de crier : non ! Je ne ramperai pas ! Non !

Je fume en silence. Le taximan me regarde et attend.

– Ce matin, moi aussi j'ai dit "Non ! Ça va comme ça !", et voilà pourquoi ta course est inutile, une course pour rien. Sauf si tu me fais confiance.

Le conducteur quitte son siège, entrouvre la portière.

C'est la première fois que je le vois en entier. Des yeux remuants dans une tête café au lait, plus lactée que caféinée, sur une carcasse qui doit friser le mètre quatre-vingt-cinq, des épaules de fort des Halles, des bras terminés par des pelles.

– Débarque, je t'offre un café. Après, je te déposerai à ta banque. Je veux savoir si tu dis vrai ou si tu es le roi du baratin. T'as remarqué que "baratin" était l'anagramme de “Tabarin”, tu sais, le mec qui payait en monnaie de singe ? Si tu m'as raconté des craques, je ne te toucherai pas, tu es trop âgé, mais je te jure que je t'embarquerai dans mon taxi et que je te lâcherai au bord de la Seine, en pleine forêt de Fontainebleau. Naufragé dans les bois que tu seras, naufragé. Tu rentreras à Paris à la nage. T'entends, Robinson, à la nage ! Allez, descends ! On va au tabac, en face.

Éjection. Comme une douille rouillée qui sort de la culasse d'un vieux fusil.

Le chauffeur s'est effacé pour me laisser le passage lorsque nous sommes entrés au bistrot.

Du monde. Un brouhaha, oublié par moi depuis les trois siècles et demi de ma détention, m'explose au visage. Elle est là, la vie, dans les bruits d'un troquet parisien au petit matin lorsque les prolos s'apprêtent à embarquer pour le travail de la journée. Des bribes de phrases se mêlent aux odeurs du café. Dernière pause, première cigarette. Dans mon blockhaus, l'existence avait un parfum de moisi, de merde et de pensées figées, l'odeur de la mort à la place du Samu.

Mon guide et moi sommes face à face derrière une table en plastique.

– T'as pas déjeuné ?

– Eh, non. Dans mon palace, c'est à huit heures qu'on sert le breakfast.

– Tu veux un café et un croissant ?

J'ai hoché la tête en souriant et commandé un p'tit noir. Lui a demandé un p'tit blanc. Match nul.

J'ai sorti mon paquet de pipes et l'ai tendu à mon *bienfaiteur*. Sans un kopeck en poche, le misérable c'est moi. Ma B.A. est un grand black aux épaules larges qui se demande visiblement si je le mène en bateau.

Nous fumons en silence. Il ne me quitte pas des yeux.

C'est bon, un expresso saupoudré de fumée bleue.

L'heure tourne lentement. Au comptoir le va-et-vient s'accélère. Les bureaux vont ouvrir. Je dévisage une fille blonde, longiligne, avec une poitrine en pleine fugue dans un pull beige. Elle me fixe du regard, sourit ; sourire aussitôt renvoyé à l'expéditeur. Je fais un signe discret à mon guide.

– Tu as vu cette nana ?

– Laquelle ?

– Celle qui a les roberts en plein vol dans son tricot.

Il tourne la tête.

– T'as raison. Un petit tête-à-tête serait sympa. Ça t'intéresse encore à ton âge ?

– Eh… souvenirs, souvenirs ! A vingt ans, quand une fille me disait non, c'était un désastre… Aujourd'hui, lorsqu'elle me fait oui, c'est une catastrophe. A mon âge, c'est comme l'alcool : consommé avec modération… j'arrive à un résultat.

– C'est quoi, la modération, en amour ?

– Dans mon cas, c'est participer à la Coupe du monde : une fois tous les quatre ans.

Le chauffeur avale son café de travers. Son fou rire explose. Tout le bistrot pivote vers nous. Je suis heureux de redevenir le centre de l'univers pour un instant. Comme avec Paula… autrefois, lorsque… Bon sang, qu'est-ce qu'elle baisait bien.

– Tu as déjà été amoureux ?

Grand sourire, style dents blanches.

– Pourquoi *été*? Je suis amoureux, matin, midi et soir tous les jours de l'année même si elle est bissextile. Pourquoi ?

– J'ai connu une femme, autrefois... Paula, qu'elle s'appelait, une fille qui ne pensait qu'à ça et dépassait la dose prescrite. Je faisais face. Nous avions inventé un jeu, une sorte de Monopoly du plaisir : la recherche du bonheur. Chaque femme, chaque homme ne rêve que de le rencontrer mais ne trouve jamais autre chose que son destin.

Le bonheur, camarade, l'illusion d'exister... Un truc toujours inachevé, seul le malheur arrive à terme. Le bonheur... Un prêteur sur gages, barré sans laisser d'adresse. En faillite, couvert de dettes... Chacun lui a offert quelque chose à cette idole avide, son corps, sa foi, son argent, sa science, son talent, sa raison... et quand arrive l'échéance, le moment de rembourser... on ne trouve personne ; monsieur s'est fait la malle, sinon pourquoi la terre entière courrait-elle après lui ?

Le bonheur déménage toujours à la cloche de bois en nous faisant un cadeau empoisonné, le sexe, cet amour d'à côté, en dehors de la tendresse, en marge de la fusion affective, en nous offrant seulement un ensemble de gestes incohérents, improvisés, parfois beaux. Vous décollez... haut et vous revenez schuss. Terminus. Tout le monde descend. Le quai est vide... avec deux ombres projetées sur le ciment, votre partenaire et vous... C'est tout ce qui reste de l'envolée lyrique de deux corps en symbiose.

Le bonheur... Même à la guerre tout le monde y croit. J'ai pris des bombes sur la gueule, avec une carcasse atteinte de vibrations impossibles à bloquer. Tout vibrait, l'air, les hommes en plein sprint vers une planque aléatoire, les sons, les cris des mourants, les hurlements des immeubles se tassant sur eux-mêmes, les prières folles de gars devenus fous par la souffrance et le néant. Même le néant tremble sous les explosions. Et le bonheur est là... après... lorsque tu t'aperçois que tu es intact.

– Tu as été mobilisé?

– Non, j'ai été volontaire. Je terminais mes études dans une école d'ingénieurs que j'avais intégrée avec un an d'avance. J'étais amoureux et je partais vers l'est, "quelque part en France", un bled perdu dans les Ardennes où je ne risquais pas grand-chose. Comme on l'enseignait à l'École de guerre: *la forêt des Ardennes est in-fran-chis-sable.* Les stratèges avaient seulement oublié de préciser que les routes, elles, ne l'étaient pas. Paul Reynaud, notre Churchill de chef-lieu de canton, nous l'avait promis: "Nous vaincrons parce que nous sommes les plus forts!" Ça ne m'emmerdait pas d'aller me battre. J'adorais mon pays et j'étais amoureux, amoureux fou de Léa.

Léa... la sœur de Michel, mon copain d'enfance, mon ex-condisciple à Condor. T'es d'où? Ah... de Dakar... j'y suis passé. Dis, camarade, tu connais Condor? Non! Bien sûr, y'a pas de Condor chez toi. Ou alors, c'est son double. Condor... Le lycée Condorcet, rue du Havre, près de la gare Saint-Lazare. Tu sais, le grand machin d'où, avant-guerre, partaient les trains pour New York. C'était marqué sur le panneau à l'entrée du quai, DESTINATION: NEW YORK. Les trains transatlantiques partaient de là pour Cherbourg ou Le Havre où les passagers embarquaient sur le *Normandie*, l'*Ile-de-France* ou le *Queen Mary*. C'est pas chouette, ça? En plein Paname, sur le ciment, lire: *Southampton, New York...* Le béton devenait liquide, les vagues hurlaient dans la rue de Rome, l'océan balançait ses embruns en plein sur la gueule des voyageurs immobiles dans la salle des Pas Perdus tandis que tu essayais ta ceinture de sauvetage! Aujourd'hui tu ne pars de là que pour rêver à Bois-Colombes ou à Asnières. Qu'est-ce que je n'ai pas imaginé sur ce quai en regardant les porteurs, les valoches de cuir, les belles nénettes aux bas de soie bien tirés sur des jambes à découvrir? De temps en temps, tu t'offrais un "jeton", une vue imprenable sur un bout de cuisse blanche à l'extrémité du porte-jarretelles, lorsque la dame escaladait le marchepied du wagon. C'est de là que date, sans doute, ma passion pour les continents perdus.

Condorcet... un lycée parisien avec ses gamins bien élevés. Avant-guerre, y'avait que des gosses de bourges au lycée, les autres, les fauchés, les sans-un, avaient droit au cours complémentaire, encore fallait-il qu'ils fussent doués, sinon restait le turf: l'usine d'avant le Front popu. T'as pas idée de ce que c'était le boulot en ce temps-là. Z'avait trois droits, les prolos: un, chercher du boulot; deux, fermer leur gueule devant la machine, le contremaître et le taulier; trois, chercher du boulot parce que vous comprenez, la crise, la hausse des prix, le plan Keynes, le plan Dawes, sans oublier celui de Young nous obligent à...

– Et les syndicats?

– Efficaces, durs mais réalistes. Ils ont sorti les ouvriers du Moyen Âge et leur ont offert un avenir. T'avais pas affaire aux fonctionnaires inadaptés d'aujourd'hui, incapables de réaliser que depuis que l'avion, les télécoms et autre Internet ont rétréci la planète, les projets ne peuvent être que planétaires. D'où retour au corporatisme. Le pidgin est mort, camarade, c'est le chinois qu'on enseigne maintenant dans les écoles de commerce.

– Et ton pote, Michel ?

– Il était fils de toubib. Encore un métier perdu de nos jours. L'art de soigner est enfin devenu une science ; elle sait tout, la médecine, elle soigne tout, prévient, protège. Tu peux même espérer avoir des mômes après ta mort, suffit de congeler tes spermatos et hop, tu renais, arrière-grand-père, septante ans après avoir avalé ton bulletin de naissance. C'est pas beau ça ? Tu te vois écrivant un grand livre – ils le sont toujours avant le pilon –, un bouquin dans lequel tu raconterais tes amours avec une nana pas encore née. Génial, non ? Et elle, évoquant dans un best-seller comment je l'ai violée lorsque j'étais squelette, avec un titre sublime : *Mon inceste avec mon trisaïeul* ! A quoi ça sert tout ça ? Simple, on a gagné trente ans de vie. Ouais ! Certains disent que c'est un gain, la preuve ? Les Cannabis ! Demande-leur, à mes potes de chaîne, si c'est un gain de crever à petit feu au lieu de plonger d'un coup, demande-leur. Au point que tu t'interroges sur ce mystère : pourquoi l'État ne taxe-t-il pas cette plus-value d'existence ? Michel était mon copain/frère. Pas mon meilleur ami, c'est une formule creuse où tout un chacun planque sa solitude. J'ai un meilleur ami, je suis son meilleur ami, tu as un meilleur ennemi mais moi j'avais Michel. Et Léa. J'ai quitté la maison paternelle en sa compagnie. Léa est partie au front avec moi, une photo dans mon portefeuille, une miette de tendresse planquée dans un étui de cuir. Un tout petit cliché d'identité, dédicacé : "Pour Bastien, mon Bastien !"

Léa...

Le premier amour. Le seul qui existe vraiment. L'initiation à la présence de l'autre, à la sensualité, à la découverte de la peau, de son goût, de ce zeste de soie qui glisse sous tes doigts, du sourire, de l'épanouissement. D'accord, tu aimeras après aussi, mais ce ne sera jamais autre chose que de la soupe réchauffée, le bégaiement de la tendresse.

Michel…

Lui aussi chantait "Michel s'en va-t-en guerre…". Il venait de la rue d'Ulm, section Sciences. Une grosse tête. Pas de grosses têtes à l'arrière en temps de guerre. *Verboten!* Direction : l'artillerie de la ligne Maginot. Le truc imprenable qui occultait aux Allemands la ligne bleue des Vosges. Les vaches ! Ils n'ont pas supporté qu'on leur cachât les crêtes azurées, le lac Noir, le Blanc, Gérardmer, les myrtilles. Pas possible qu'on leur fasse cette dégueulasserie, et leur Dolfie, pour se venger, les a emmenés faire du tourisme en France. Dis, camarade, tu m'offres un autre café ?

– Au point où j'en suis… Garçon, deux express !

2

8h45. Les banques vont ouvrir.

J'interroge mon *driver.*

– Qu'est-ce qu'on fait ? On va chez les flics ou chercher de l'argent ?

Muet, il hésite un court instant.

– Pas possible que tu me racontes des craques ou je suis le roi des pigeons. Il est où, ton coffre-fort ?

– Rue François Miron, dans le Marais.

– Je m'appelle Laurent.

– Moi, c'est Bastien, mais tout le monde m'appelle Einstein.

– Einstein ? T'es feuj ?

– Ça te gênerait que je le sois ?

– Non, je n'en ai jamais vu. J'aimerais bien savoir comment ils sont faits, on en parle tout le temps et on ne les voit jamais, le contraire des Chinetoques.

– Rassure-toi, je ne suis pas juif mais ça ne me gênerait pas d'en être un.

– Moi, si. J'voudrais pas qu'on me coupe le bout. Serait pas contente, ma copine.

Mon fou rire a dérapé sur mon voisin. Il a failli emboutir un trottoir.

– Idiot ! C'est pas mal, la circoncision. Une seconde de douleur pour cent ans de plaisirs, et ça passe partout. Range-toi rue de Rivoli. On arrive.

Laurent gare sa voiture à la station, devant le métro Saint-Paul.

– Accompagne-moi. Mais on prend par les quais. J'adore voir la ville en face, on se croirait ailleurs. C'est dans ce coin que je suis venu au monde.

– Tu es parisien ?

– Ouais, mon gars, je suis né *en français.*

– Et c'est important pour toi ?

– Bien sûr. Ça me paraît plus clair de naître dans une langue que dans un pays. Venir au monde à Venise, à Ouagadougou ou à Saïgon, recevoir le nom qui t'échoit en héritage et s'appeler Prodi, Diouf ou Ping Pong Li relèvent du loto. Par contre, démarrer dans une langue te balance au visage tout un passé que tu acceptes comme allant de soi. Tu parles français ? Eh bien, tu es de Genève, tu vis à Liège, à Montréal, à Béziers ou même à Paris et tu intègres les qualités et les niaiseries de chacun ; l'histoire de chaque individu devient la tienne. Calvin t'a légué la seule source de la foi, la Bible, Charles le Téméraire t'a fait offrande du matraquage de sa conquête, Montcalm n'a que sa mort à montrer dans les plaines d'Abraham pendant que saint Dominique sauve ton âme tandis que crame ta carcasse. Quant à naître à Paris… eh bien, oui, c'est mon cas.

Évadé de la pouponnière qui m'a couvé durant trois ans, j'attaque le sol du talon. Mon pas résonne sur le bitume.

En apparence, rien n'a bougé. Seul l'air possède un goût différent de celui des Cannabis. Oui, l'air détient un goût et pas seulement une odeur. Posez la question au taulard, au mineur, à l'éboueur, au gars couché dans un lit à l'hosto. Eux savent que leur nez et leur bouche ont ingurgité aussi une saveur personnelle et pas seulement un parfum ; le bouquet ne s'applique pas seulement à l'odorat. Michel m'en a parlé un jour, mais c'est si loin… Prétendant que la mort aussi monopolise un assaisonnement unique que chacun perçoit un jour, un cocktail fait de peurs, de regrets, d'envies et de remords, une boisson épicée avalée un jour à Dachau. Michel…

Klaxon brutal.

– Eh, attention ! On ne rêve pas lorsqu'on traverse une rue de Paris.

Il est encore tôt avec un trafic qui reste fluide.

Paris… Ma ville. Mon rêve…

La Seine me fait signe. Je pose mes coudes sur le parapet de la berge. L'eau clignote, papillonne. Je ferme les yeux, inspire à fond. Je suis un voyeur, je suis partie intégrante des murs, des rues, de ce fleuve de mercure et de grisaille. Je suis Paris et Paris c'est moi.

– Accompagne-moi à la banque.

– Tu n'as pas peur que je t'attaque, seul devant un guichet en compagnie d'un black ?

– Je ne vaux pas assez cher.

– Chaque mec a une valeur.

– Laquelle ? Tu ne sais pas que le prix d'un humain varie selon la latitude ? Le cours du blanc, du black, de ton gourou ou de ton dieu est déterminé par les autres. Mais qui sont les autres ? En quoi sont-ils différents de toi et de moi ? Nous ne sommes que des hommes en contreplaqué, tu es né en français, tu es donc un faux black et moi je suis un vieux, un faux vivant. Nous sommes en toc, comme tout un chacun ! Tu comprends ?

– Tu es raciste ?

– Ni raciste, ni anti. Seulement a-raciste. La couleur de peau, je m'en tape. Je constate une simple différence de culture entre les mecs, c'est tout. Merci pour ton p'tit-déj'. Je vais te régler dès que j'aurai des sous.

La banque.

Je ne connais plus personne. Le personnel "tourne" et je dois présenter ma carte d'identité pour retirer le nerf de la guerre et de mon évasion.

L'employé m'aligne des billets que je connais mal : des euros. Mon enfermement a commencé peu après leur mise en circulation.

J'encaisse mille cinq cents euros, l'équivalent d'un million de centimes. Il m'arrive encore de compter en anciens francs. Ma génération a connu les coupures monétaires au format du dollar d'après la Libération*. Sont venus ensuite des changements multiples de monnaie jusqu'à la naissance des nouveaux francs. Va falloir que je m'habitue encore à des billets inédits après ma longue pénitence aux Cannabis.

– M. Pain, le directeur de l'agence désire vous voir.

D'un index, le guichetier m'indique une porte vitrée.

Accueil souriant du banquier. Celui-là, je le connais.

– Bonjour, monsieur Lesquettes. Je vous ai aperçu à la caisse. Ça fait un bail qu'on ne vous avait pas vu, je suis content de vous retrouver.

---

* L'AMGOT, le service américain qui devait gérer la France à la Libération, avait tout prévu, même de nouveaux billets de banque. Du format du dollar, ils ont circulé brièvement.

Il me serre longuement la main. Chouette, enfin un banquier heureux. La preuve que le bonheur peut encore exister.

Le boss de l'agence bancaire m'explique qu'il sait que je suis dans une maison de retraite. Mon fils aîné l'a averti de mon séjour provisoire aux oubliettes.

– Voici votre carte de crédit, elle vient de vous être renouvelée. Vous avez des projets ?

Oui, Ducon, je suis bourré de projets, mais je ne t'en dirai rien. Tu ne pigerais pas.

L'autre m'accompagne à la porte.

Retour au taxi sous l'œil incrédule, me semble-t-il, de Laurent.

J'examine mes billets et aligne cent euros à mon chauffeur.

– Tiens. Paye-toi.

– Il y a quarante euros au compteur.

– Quoi ? Quarante euros ? Tu l'as trafiqué, ton engin ! Avoue !

– Mais non, je l'ai laissé tourner pendant que tu dégustais ton croissant. Faut être prudent avant de faire confiance à quelqu'un. J'suis pas mère Teresa, moi !

Il me rend mon argent.

– Je n'ai pas de monnaie. Tu es mon premier client de la journée.

– Très bien, mec. Tu gardes tout.

Son œil redevient méfiant.

– Tu es sûr que ce n'est pas trop ?

– Trop ? C'est mon âge qui est en trop.

– J'te laisse où ? Tu as de la famille à voir, peut-être ?

– Elle attendra. C'est Paula que je veux retrouver.

Pas de question. Il démarre.

– Où allons-nous, monseigneur ?
– A la Butte aux Cailles, dans le XIIIe.

Premier embouteillage.
La voiture s'engage en direction du métro Glacière. Laurent grogne.
– Sans les piétons, on roulerait mieux. Y'avait pas un chat sur ce boulevard, maintenant on se traîne.
– Les hordes de rénovateurs sont passées par là. Autrefois, hier, c'était plein de taudis, de baraques bancales, de maisons basses atteintes de poliomyélite, de décors pour de nouveaux Mystères de Paris avec, parfois, un miracle, un jet de pierres blondes de six étages ou un pavillon égaré là, habitations indécentes au milieu des bâtisses en fin de course. Le passage Prévost, ses paumés et ses rats… Et la tranchée du boulevard, son métro aérien, chenille verte et rouge qui traînait au-dessus des passants son bruit de vieille casserole, ses troquets moyenâgeux tenus par des hommes issus des cavernes de la ville, ses bougnats maquillés de charbon, ses émigrés juifs aussi besogneux que ceux de Belleville, ses magasins archaïques aux rideaux de bois cradingues avec sa vieille mercerie attenante au "Marchand de couleurs", la teinturière qui annonçait "Deuil en 24 heures" pour te faire savoir qu'elle pouvait, vite fait, teindre tes vêtements en noir si tu avais quelqu'un à enterrer, son coiffeur rital et l'Arménien qu'on appelait le "bouif"…
– Le quoi ? Le bouif ?
– Le bouif, le cordonnier. Aujourd'hui, il serait devenu un godassologue, coincé entre un victimologue et un ziziologue. Tout est en "-logue" de nos jours, sauf les conologues, profession en gestation mais métier impossible

devant l'immensité de la demande. Tu vois, même l'argot s'est tiré de la ville depuis que les Halles l'ont quittée. Il était sale, ce coin, puant, agité d'espérances, invivable et vivant! Les rénovateurs ont tout détruit et ont mis en place ces tours et ces barres. Des obélisques froids pour humains surgelés. Le béton roi. Tu les vois, ces blocs? Ils nous regardent passer. Des résidences mortuaires pour des hommes sans vie. Je ne connais rien de plus indifférent qu'un immeuble. Il voit chaque geste, chaque mouvement de la rue, les heures de liesse et les scènes de deuil, l'enthousiasme et la peur. Il s'en fout. Sauf quand il prend des bombes sur la gueule. J'en ai vu quelques-uns quand j'étais au baroud. Pouf! Vroum! Plash! Le fracas suivi d'un grand dégueuloir. Elle explose, la baraque, s'ouvre, vomit ses habitants, leurs souvenirs, leurs chagrins, leurs joies et toutes les vies enkystées là, leurs meubles et leurs objets. Et elle reste là, cassée, pliée, pilée, se demandant ce qui lui arrive; exactement comme moi depuis ce matin, mais moi, je vis! Doivent être fous aux Cannabis! Je me marre! En silence. Un vieux ne rit plus! *Verboten!* Ou *forbidden*... en angliche. *Forbidden*... La plage de Malo, près de Dunkerque... durant le bel été 1940. Le soleil sur la ville, sur les villages désertés en dehors des gaspards, des fuyards et des morts, des camions détruits, des canons à la tronche tordue par les flammes, des queues de cochon, t'aurais dit, en tire-bouchon les bouches à feu, en tire-bouchon qu'elles étaient. Je montais en ligne. Non! Je descendais. *Carmen! C'est la retraite qui sonne!* Bizet n'avait rien vu. Ce n'était plus un voyage mais un graphique entre deux fièvres. 39-40! Un coup de roulis à droite, un autre à gauche, tu dégueulais de trouille. Le poids lourd grimpait vers un bois, encadré de jets de terre et de caillasses. *No man's land beach!* Quand tu n'as plus que ça devant toi, les dunes, la fatigue et ta mort en bandoulière, lorsque l'épuisement bloque ta raison, que sous l'effet de la panique tes fesses font bravo, quand tes dents jouent aux castagnettes, la patrie tu t'en fous. Ah, la plage… Son soleil, son sable chaud… Ça aussi, ça se chante… *Il sentait bon le sable chaud, mon légionnaire!* Tu sais, mec, ce qu'il sent le sable, quand les bombes tombent? Tu sais ce qu'il sent? La peur, la trouille, la pétoche! Ouais, il était chaud le sable de la mer du Nord le jour de la Sainte-Blandine. C'est le 2 juin, la Sainte-Blandine, j'ai été enfant de chœur, gars… C'est comme les comptines de la maternelle… T'oublies pas. Une belle vacherie, l'oubli, il s'arrange pour être inoubliable et te ronge de souvenirs que tu aimerais enterrer. L'ennui, c'est que la terre bouge, elle aussi, et fait remonter à la surface tout ce que tu voudrais y ensevelir pour toujours. Il arrive, par flashs, que la vie soit douce! T'en fais pas, gars, ça tu vas l'oublier. Au contraire, là où ça gratte, écorche, saigne en sourdine, à l'endroit des cicatrices, tu t'en souviendras durant toute ton existence.

– T'étais au front?

– Ouais, on peut dire ça. J'avais devancé l'appel, je n'aimais pas le fascisme, je ne voulais pas devenir un Maître Lesquettes bis. Les années 30, faut avoir connu… Nous étions rentrés tête basse dans l'âge de la pénombre, le gris. Les contraintes étaient partout, camouflées sous toutes les couleurs, noir, brun, rouge. Tu mixes tout, t'obtiens du gris, la couleur du deuil dont personne n'arrivait à sortir depuis 1918. Il fallait penser au pas, bander sur ordonnance pour repeupler le pays avec les allocs comme espérance, réciter les conneries que le gourou de l'époque t'imposait au lieu de réfléchir. Dangereux de réfléchir, très dangereux au temps des fanatismes, c'était une mode d'avoir la pensée unique avec, tous pays confondus, un seul slogan qui leur giclait de la gueule : *Notre cause est juste.* Cause juste ! Tu causes, tu éructes, tu rotes, tu baves… un truc chouette qui t'évite de penser. Ça a commencé avec Adam et Ève. Elle était juste leur cause aussi. Seuls au monde… une fille et un homme à poil… Qu'est-ce que tu crois qu'il va se passer ? Cause juste ! Virés du paradis, qu'ils ont été. Ma cause, la tienne, celle de sézigue, sont toujours justes, forcément, pas une pour racheter l'autre. Cause toujours, mon cul t'écoute. Qu'est-ce que t'attends pour rouler ? Le feu est au vert.

3

Laurent a relancé son taxi.

Pourquoi ai-je envie de parler, de lui expliquer, à ce gamin, de lui raconter que j'avais eu un aïeul fusillé durant la Commune ? Elle le regarde, mon histoire ? Évidemment pas, mais sortir des Cannabis et trouver une oreille neutre est un événement dont j'ignorais l'existence. Ce n'est pas d'un psy dont j'ai besoin : je me fous de mon Œdipe, de mes pulsions refoulées, de la fausse culpabilité qui habite chaque humain. Pas de divan pour Bastien, ce matin, pas de curé non plus. Le prêtre peut les garder pour lui ses absolutions formatées, ses pardons et son grand cœur. Un chauffeur de taxi, inconnu, fait très bien l'affaire. Oyez ! Oyez ! Oyez !

– Tu connais le Père-Lachaise ?

– Oui, en touriste. Pourquoi ?

– C'est au cimetière, contre le Mur des Fédérés, qu'on l'a flingué, Antoine. Collé contre la clôture de pierres et… pan ! Plus d'Antoine Lesquettes !

– C'est qui ce gars, Antoine ?

– Un de mes ancêtres. Dans ce pays, dans chaque famille, tu en trouves toujours un qui a fini tragiquement. Que ce soit à la Saint-Barthélemy, aux galères, chez les Camisards ou pendant la grande braderie des têtes coupées de Robespierre, tu déniches toujours un cadavre enfermé dans un placard, mort pour ses idées, pour ne pas avoir cédé à temps ni décidé de lécher les bottes d'un type qui savait tout sur tout. Et je ne te parle pas des révolutions mineures, des grèves réprimées par des sabreurs, de Poléon-le-Grand ou de Napo-le-Petit. Quant aux guerres... Alors, là... Oui, on l'a passé par les armes, l'Antoine. Passer quelqu'un par les armes ! Ah, elle est bath, la langue française ! Passer un mec par les armes ! Comme une aiguille que tu enfiles, le fil qui glisse par le chas ; pas les hommes, sont trop gros les humains, faut un fusil pour leur ôter le goût du pain. Les dingues, cet univers n'en veut pas. Il avait pas de savoir-vivre, mon aïeul, il pensait pas juste. Y'a pas d'échelle de Richter pour mesurer la pensée juste ! Mais à quoi sert le prix Nobel, nom de Dieu ? Savoir-vivre... Pas entièrement, à moitié. Certains ont le "savoir" mais ignorent tout de la "vie", la vraie, celle qui sort de tes boyaux, celle qui s'achève dans les fosses communes. Les hommes n'ont que l'usufruit de leur existence ; la nue-propriété appartient à quelqu'un d'autre, un être invisible. Savoir vivre... J'ai surtout connu des types qui savaient mourir. Et pas seulement au casse-pipe de 1940. Passe-moi une clope.

Briquet.

On devrait canoniser Nicot. Le nuage du tabac pose ses volutes sur le pare-brise.

Laurent se tait.

– A la guerre, les mecs continuent leurs jeux de gamins. Pigeon vole ! Tu connais ? Kif-kif à la castagne. Tout vole. Vroum ! Boum ! Ça pète, ça explose. Fumée. Caillasse. Les objets volants passent. Une tête, un bras, un flingue, des morceaux d'os, des bouts de fringues. Tu t'habilles de sang, de poussière et de cris. Tes mains arrachent de ton cou un collier rose et puant, les tripes de ton copain d'abri collées à ton menton. Tu te regardes voler en pièces détachées, tu dégueules sur toi, tu cries, gémis et tu relèves la tête. Tu es en vie. Quelle vie! Elle est belle, la vie, même en merdicolor! Et ça repart. On pousse les bagnoles cramées dans le fossé. Baïonnette au canon! En avant! Marche! Des jours et des jours on a retraité à travers la Belgique. Les camions foutus, les cors aux pieds en plus des balles. Y'a plein de mecs qui aiment la randonnée, aujourd'hui. Saloperie. Tout pour plaire qu'on avait, tout. La route, un chemin, un sentier, la route. Une plaque, une flèche: Dunkerque. Le 2 juin… Les plus longues journées de l'année… ou plutôt les nuits les plus courtes. On ne voulait pas qu'il se lève, le soleil. On n'en voulait plus! Éteins-toi, soleil! Va-t'en, lumière! La nuit protège, sauve ta petite vie. Clarté, jour, avions, canons, vive l'artillerie allemande, vive Krupp, vive *scheisse*, vive la vie! Nom de merde! Les Angliches rembarquaient. On l'a raconté, filmé, écrit. Moi, je l'ai vécu. Un vacarme inhumain issu d'une fabrique de sons inconnus fermait l'horizon. Tu aimes la mer? La mollesse rude du sol? Sa chaleur? Ses odeurs d'iode? Très sain de respirer l'air iodé, très sain d'inhaler des rochers en poussière? J'aimais… mais avant, quand je partais en vacances! Lorsque tu es pris au piège, tu changes d'avis sur des tas de choses. J'ai vu des mecs brûler vivants. Cinépanorama, sur grand écran. Un avion qui passe, une série de trous dans le sable, comme les piqûres d'une machine à coudre que le zinc a offert à chacun, à chacun sa p'tite Singer, à chacun son cramé. Tu vois le sable s'élever comme un rideau de dentelle tissée de silice, masquer la mer, cacher le soleil, t'entends un gars hurler, inhumain le gueulement, un cochon qu'on égorge tu dirais. T'as jamais vu ça dans ta cambrousse? Spectacle. Tu tues un porc et c'est à toute l'humanité que tu coupes le kiki. Mourir n'est rien, la mort est indolore et ce rien devient énorme quand tu regardes les carcasses éparpillées sur le sable avec ce sang qui jaillit en saccades, aussitôt aspiré par la terre, un immense vampire la terre, un truc géant qui avale ta vie, suce ta moelle. Et les mouches… Bleues, vertes, noires… T'as jamais remarqué la couleur des mouches, je suppose? Elles sont colorées, ces salopes, et se baignent avec joie dans les plaies ouvertes. Elles virevoltent, plongent, bandent, jouissent dans les chairs déchiquetées. La guerre, c'est un truc où tout s'emballe, devient fou. Autour de toi, c'est une fantasia déchaînée, des bourrins en pleine lévitation, faut avoir vu des chevaux au ventre ouvert faire un steeple-chase dans l'espace, y'a qu'au front que tu peux rencontrer Pégase, un canasson qui a perdu ses ailes pour mieux nager dans le vide; et les mecs… en pièces détachées qu'ils sont, les enfants de leur maman, les chéris de ces dames, les beaux éphèbes et les pas beaux, c'est un puzzle, la guerre, avec des jambes, des têtes, des bides déchirés d'où sortent des boyaux étirés comme des bolducs. La mort, c'est une guirlande, un paquet-cadeau, un truc pour commémoration, présentez armes, les hommes, la salope passe. Elle traîne derrière elle des roues, des crosses d'acier, des morceaux de canon; elle chine, la vache, elle fait des affaires, ramasse des mecs qu'étaient en état de marche cinq minutes avant. Ils sont là, bons pour la brocante, désossés, saignés à blanc, puant et flottant dans l'air comme des poupées désarticulées par un môme capricieux. Tes potes… bye-bye. Pigeon vole!

J't'ai dit. Au front, tu deviens solidaire des autres. D'instinct. Tu es ce troufion qui partage son calendos avec un copain et s'envoie un coup de gorgeon dans la bouche avec le gars qui va peut-être te sauver la vie. Il sort une photo de sa poche : "Elle s'appelle Lucie !" Il te l'offre, sa nana, se pavane parce que ton regard s'allume, Lucie... Elle est à lui, pas à toi. La photo, tu la regardes parce qu'il partage sa journée de vie avec toi. Pareil pour l'ami voisin. Il est toi, pendant que tu te camoufles dans les oyats surgis dans le creux d'une dune. Plash ! Un avion ! En 1914, on les appelait les *Taube*, les pigeons, les trucs volants des Germains. Des pigeons ! Toujours poètes, nos voisins. Pourquoi pas des colombes ? Tu te chies dessus, les autres aussi. La guerre transforme le monde en chiottes immenses où chacun gagne ses galons de trouillard, de héros, selon ta capacité à dominer ta carcasse qui ne rêve que d'une chose, se barrer, mettre les voiles, tandis que la terre entière s'envole dans le soleil. La pétoche, c'est la tremblante du mouton que tu es devenu, et tu vires à l'héroïsme. T'as trop la frousse pour prendre la fuite et t'es plus assez gonflé pour te battre. Reste une issue, se faire tuer. Je me suis relevé, j'ai repris mon MAS*, j'ai marché vers l'eau. Bang ! La tronche des mecs aplatis surgissait du sol, j'ai marché, sur un corps, sur de la merde, dans le jus. La flotte était là, le bateau à cent mètres. *No*, disait l'Anglais, *no ! Forbidden !* Les British d'abord ! Tu deviens dingue, Laurent, dingue, et tu hais le gars qui t'interdit ta bouée de sauvetage amarrée à deux pas. Y'a pas de neutres à la guerre, pas d'indifférents. Avec

* Le MAS 36 : le fusil de l'armée française en 1939.

ou sans toi, les jeux sont faits ; tu es le micheton qui mise sa vie dans un banco que tu ne contrôles pas. Et le feu… le feu partout, ça crame tous azimuts, ça chauffe au nord, au sud, partout, partout. Mon pote, Michel, a fait un séjour en Chleusie, à Dachau… Tu connais pas ? Dachau ! Faisait chaud, là-bas aussi. Ça brûlait à pleins crématoires. Dire qu'il y a plein de bonshommes qui se font incinérer aujourd'hui… Les cons. J'ai voulu embarquer pour l'Angleterre. *Forbidden !* qu'il m'a répété le British. J'ai insisté. Son arme braquée sur moi m'a fait reculer. Deux jours que je suis resté, à demi enterré dans le sable. Les hommes de mon unité en ont fait autant. On vivait en décomposition. Les Messerschmitt surgissaient de nulle part, piquaient vers le magma de types affalés, lâchaient leurs rafales, viraient, repartaient. Le sable s'est vidé de ses fantômes. Les autres, les nazes, sont arrivés, gonflés, farauds. Mes voisins ont levé les bras. J'pouvais pas me distinguer en étant le seul à tirer sur les vert-de-gris. Moi aussi, j'ai dressé mes mains nues vers le ciel. Tu sais, j'suis pas militariste, mais tu éprouves une sacrée frustration quand tu fais ce geste simple : dresser ses paluches au-dessus de la tête. Ouais, il faisait chaud à la Sainte-Blandine, en 1940, à Dunkerque. Tiens, ça me donne soif. Trouve un coin pour boire un coup.

Voilà la rue des Cinq Diamants. Paula habitait là. Léa, elle, logeait un peu plus loin, vers le Moulin des Prés.

– Arrête-toi, là. Attends-moi. Si c'est trop long, je reviendrai te le dire.

La maison basse n'a pas changé. Je cherche un nom sur les boîtes aux lettres. Pas de Paula Monatti. C'était quoi, son nom d'épouse ? Un blaze du Sud-Ouest.

Missillac ? Massillac ? Rien à l'horizon. Pas de gardien. J'entre chez un boulanger.

– Missillac ? Non, connais pas !

J'hésite, interroge les commerçants. Ils doivent me prendre pour un inquisiteur des temps modernes, un sondeur.

C'est finalement un pharmacien qui me donne le tuyau.

– Ah, vous êtes un parent ? Vous arrivez de l'étranger ? Mais il y a bien deux ans que Mme Paulette est partie d'ici. Où ? Dans une maison de retraite. Ne bougez pas, j'ai noté ça quelque part.

Blouse blanche revient, me tend un papier griffonné. C'est près d'Enghien, au nord de Paris.

Je remercie le potard. J'aime bien les pharmaciens. Sont plus serviables que les toubibs. Normal, ils assurent le service après-vente ou *ante hume*. Retour au taxi.

– Tu m'emmèneras à Enghien puisque Paula a déménagé. Mais passe d'abord rue du Moulin des Prés.

– Enghien… j'ai une copine pas loin. Va pour le Moulin des Prés. Tu fais un pèlerinage ?

– Y'a de ça. Où est-ce que tu crèches ?

– A Mic-Mac City, avec ma femme et mon môme. Une zone pavillonnaire passée au mixeur. Deux gouttes de verdure dans un jet de béton.

– Je vois : une tour. Vingt-cinq étages. Un ascenseur en panne les jours pairs et l'autre en réparation. Un kaléidoscope de peaux, blanche, noire, bistre, jaune, les langues de Babel, vingt pour cent de chômeurs et trente d'illettrés sans compter la moitié des mômes qui refusent d'aller en classe. Faut comprendre, c'est si fatigant d'apprendre…

– Exact, Einstein. Avec un plus, le mépris de l'entourage lorsque tu sors de la cité. En attendant, je vais me distraire chez Sylla, une fille chouette qui crèche à Pompidou-City. Si t'as le temps, on y passera au retour.

– En somme, t'es bigame ?

– N'exagérons rien. C'est ma maîtresse, elle m'enseigne des choses que je ne te décrirai pas. Ici, quand tu es marié et que tu as une copine, c'est un signe de standing, on te respecte. Si tu as deux épouses, alors t'es bigame et tu vas en taule. Mais quand tu te fais polygame, on te paye des allocs. Logique… le Français est un cartésien par définition. Voilà, nous y sommes.

– Stop !

Rue du Moulin des Prés.

La voiture est collée au trottoir.

J'ouvre la portière, esquisse un mouvement pour sortir et renonce.

– J'arrête la machine ? Tu en as pour longtemps ?

– Non, je voulais juste revoir la rue et l'immeuble où habitait Léa.

– C'est qui, cette nana ?

– La mère de mon fils.

Laurent me fait face. Son regard interroge mais il ne dit rien.

– Je te raconterai ça en roulant. Allez, vas-y.

Le taxi remonte le boulevard Blanqui, oblique vers la place d'Italie.

– Tu te souviens de la première femme que tu as aimée, Laurent ?

Muet, il me dit oui dans un hochement de tête.

– Elle habitait là, Léa. Elle était juive et j'en étais amoureux. C'est ici, dans cette rue tranquille, qu'un jour de 1942, je l'ai aidée à quitter Paris.

C'était juste après la razzia des juifs étrangers.

En Poméranie, où je villégiaturais depuis juin 1940, le pénible du quotidien faisait oublier les théoriciens du nationalisme intégral. Les cons vaincus pensaient qu'en arrêtant une bande de délinquants, forcément délinquants puisque étrangers immigrés, ils apaiseraient les Chleuhs. Les frisés ne leur demandaient rien dans l'immédiat, aux cons battus, mais à Vichy, la légion des cons battants servait la soupe sans s'occuper du menu. On devançait le désir du client. Les nazes s'enfonçaient en Russie, bouffés par la steppe sans fin. Z'auraient dû, avant, faire tourner les tables et demander à Poléon où ils devaient s'arrêter. T'as pas idée de ce qu'est la steppe. Imagine… C'est plat, vide, plat, vide, complètement vide sur des centaines, des milliers de kilomètres, parfois tu tombes sur un hameau, trois isbas et un puits, un village dont il ne reste rien. La terre brûlée qu'ils appelaient ça, les Russkofs, la vie brûlée, oui. Tu marches ! Tu es le vainqueur ! Tu conquiers le néant et tu te prends pour un dieu. Oui, oui, le Führer l'a dit, rien ne peut t'arriver. Plus rien, t'es mort, p'tit Chleuh ! Tu l'as enfin, ton espace vital, une tombe.

Léa, alsacienne de souche, n'était pas concernée par les rafles. Pas encore. Après mon évasion et ma longue dérive en Allemagne, j'avais réussi à rentrer au pays.

Les lois raciales, je n'y croyais pas, ça me paraissait vraiment trop con.

Et la rafle de juillet m'avait laissé estomaqué. T'as entendu parler de ce qui s'est passé le 16 juillet 1942, à Paris ?

Laurent secoue la tête négativement.

Très vite, je lui raconte la rafle du Vél' d'Hiv.

– Un jour, Léa m'a fait part de son angoisse et de son désir de passer en zone sud. Depuis juin, elle portait une étoile jaune cousue sur ses vêtements. Un truc disparu depuis le Moyen Âge. Comme disait Sézille, un licencié ès conneries kollabo, “si les juifs étaient de couleur bleue, on ne serait pas obligé de leur mettre l'étoile pour les reconnaître”. Un autre avait proposé “une opération défigurante pour les belles juives”*. Heureusement qu'on n'avait pas la Sécu en ce temps-là, elle aurait explosé. Personne n'avait offert quoi que ce soit pour les juives laides, ni pour faire bander les impuissants. S'il fallait tous les colorier, on aurait manqué de peinture.

J'ai longtemps conservé le dessin d'un caricaturiste devenu célèbre après la tuerie. Son travail représentait un personnage classique de l'époque, un juif, immédiatement reconnaissable à son nez en forme de 6, le critère obligatoire pour dessiner un pif de youpin dans la version maurrassienne, le chiffre six. Sur la poitrine, le bienheureux arborait deux étoiles. La légende était la suivante:

– Pourquoi portez-vous deux étoiles?

– Parce qu'on m'a fait un prix.

L'humour! *Ach*, *gross* humour, *scheisse*!

Par un camionneur, un client de mon père qui le fournissait en bidoche de marché noir, j'avais un tuyau pour passer en zone nono.

– C'était quoi ça, la zone nono?

– La zone non occupée. La France de l'époque n'était pas le pays d'aujourd'hui mais un lieu-dit, ou plutôt un

* Dans une revue de l'époque, *Le Cahier jaune*.

non-lieu, avec deux capitales : Paris et Vichy, un endroit saucissonné en divers secteurs. T'avais plein de séparations géographiques intérieures. La zonoccu était gérée par les Allemands tandis que Vichy gouvernait la zonono. Une frontière entre la France déjà enchaînée et celle qui allait l'être. Y'avait même un ambassadeur de France pour représenter, à Paris, la France du plus rien au pays du néant. Personne n'a jamais su si son ambassade se trouvait chez nous ni où elle était et s'il existait encore, ce chez-nous. Philippe Pétain, Laval-Pète-deux, Darlan-Pète-trois sont les seuls hommes politiques à avoir utilisé le surréalisme comme méthode de gouvernement. Un pays disparu avec la tête sous l'eau, gouverné par des spectres. Le vieux maréchal était de la classe 76... 1876, au XIXe siècle ! C'était ça, la France après la déroute. Fallait un *ausweis*, un sauf-conduit, pour passer la ligne de démarcation. Évidemment interdit aux juifs. *Kein ausweis, mensch !* Mon routier en possédait un. T'as pas une cigarette ? Mon paquet est vide.

Il m'offre du feu, je fume.

– Léa... J'avais douze ans lorsque je l'ai connue, la petite sœur de Michel. Nous avons découvert ensemble que les filles et les garçons étaient légèrement différents. Et j'aimais la différence. On s'amusait chez Michel avec toute sa bande de cousins. Des gamins délurés qui faisaient des découvertes secrètes en jouant à cache-cache. Tu te planques dans un placard et tu domines ta peur de l'obscurité parce qu'une fillette se blottit contre toi. Les autres te cherchent. Toi, tu as chaud, tes mains se baladent, l'autre soupire. Tout l'amour encore en bourgeon est là. Quel délice de respirer l'odeur de sueur qui naît à la racine des cheveux d'une gamine de ton âge, c'est bon de sentir ses boucles glisser sous tes doigts, c'est bon... Eh, merde! Va jusqu'à un bureau de tabac vers Enghien. Je vais acheter des pipes.

La voiture roule de nouveau. Nous longeons la Seine dans une banlieue encore couverte de ses ruines industrielles. Je connais peu de choses aussi tristes qu'une usine détruite. Je fume en silence, assis maintenant près de Laurent.

– Elle était en fac de sciences lorsque nous nous sommes retrouvés. Z'étaient pas nombreuses, les nanas qui étudiaient. Le courant est passé, on s'est aimés. C'était une fille libre et j'ai apprécié. Quelque chose de rare, en ce temps-là. Fallait "fréquenter" pour baiser, avec un livret de famille à la clé. Sinon... Mélancolie... C'est là qu'elle est née, chez ceux qui ne fréquentaient pas. Léa était enceinte. De moi. Pas question de contraception dans les années 40. Et le terme approchait. Je négocie son départ. Le transporteur de bidoche nous emmènera dans son char. Il avait aménagé une planque qui permettait de se dissimuler et de passer la ligne. La cache servait à ramener ses trucs du marché noir. A l'aller, il emmenait des juifs en cavale. Au retour des morceaux de bidoche. Y'avait pas photo, de la viande morte dans les deux cas. C'est rue du Moulin des Prés que nous avons embarqué.

Je fume. L'autre, silencieux, attend. Je replonge dans le passé. Laurent m'écoute. Il aurait fait un bon psy. Il paraît que les chauffeurs de taxi le sont tous!

– Nous devions passer par Vierzon, un des points de contrôle obligatoire. Tout allait bien, j'étais assis près de Léa et lui tenais la main. Mais oui, mon grand, j'étais sentimental en ce temps-là. C'est bien après Orléans que les emmerdes ont commencé. La première contraction a déboulé dans le ventre de Léa. Tu enfanteras dans la douleur! qu'il a dit, le Vieux. Ouais, la douleur commence là, lorsque ton petit crâne de mioche se fraie un chemin entre les cuisses de ta mère. Elle souffre, ta maman, petit, elle souffre, toi aussi, petit homme, ta vie commence. Tu souffres! Tu existes! Tu crois que tu existes. Du vent, camarade, tu n'es qu'une illusion. Un objet entre les doigts d'un manipulateur invisible. Un geste. Hop! Tu apparais. Tu aimes. Hop! Un autre mouvement des mains. Tu disparais. Tu nais à répétition. Tu meurs au fil des heures, des jours, des femmes. Itérative qu'elle est, ton existence. Arrête-moi devant un bistrot, j'ai envie de pisser.

La voiture s'immobilise.

– Viens avec moi, c'est moi qui t'offre un verre.

Appuyé au zinc, je fais face à la rue. Un coin de Saint-Ouen près des puces. Laurent ne pose aucune question. Il attend que je continue ma vidange, que je balance les mille tonnes que je traîne avec moi, l'immense baluchon qui m'a poussé à tracer la route aujourd'hui.

– Nous approchions de la ligne lorsque les douleurs ont recommencé. Léa a gémi, Léa a serré les dents, Léa s'est fait entendre.

Le passeur a viré dans un bois, s'est éjecté de son siège.

– Que se passe-t-il? Je vous ai dit de ne pas faire le moindre bruit. Si les frisés vous trouvent, on y a droit tous les trois. Il a mimé un mitrailleur balayant devant lui: vroum… on y passe tous! Alors vos gueules!

– Oh! Elle a les douleurs, elle va accoucher.

– Ah, non! Pas ça! Descendez.

– Pas question ! Tu roules et tu nous fais passer la ligne. Elle tiendra jusque-là. Après, on verra.

– Non, descendez.

Ça s'est arrangé. J'ai doublé le prix promis pour le passage de la ligne. Il a hésité, brièvement, et repris les commandes en poussant son gazogène à fond.

– C'est quoi, le gazo-chose ?

– Les camions roulaient au charbon de bois, y'avait pas d'essence pour les pékins de base. On a fait encore dix bornes. De mon mouchoir, j'essuyais la sueur sur le front de Léa. Les mains jointes sur le ventre, elle éjectait l'air de ses poumons dans un long sifflement silencieux, inspirait à fond. Soupir. Un petit chef, ma Léa, elle se mordait les poings pour bloquer sa souffrance, son cri contrôlé devenu plainte, mais l'autre, dans son ventre, voulait prendre l'air.

Nouvel arrêt. Le camionneur s'est pointé.

– Descendez !

– Pas question.

– Je ne peux pas vous faire passer la ligne. Le poste allemand est sur le Cher, la rivière que tu vois dans le vallon. Tu as un bled, à gauche, sur le chemin qui s'enfonce dans les champs. File jusqu'aux fermes. Ils t'aideront.

– Tu vas vraiment nous larguer là ?

– Et comment ! Tu pouvais pas me dire qu'elle allait accoucher, non ?

J'ai haussé les épaules.

– Descendez !

– Pour aller où ?

– Au diable si vous voulez, mais sans moi. Le poste allemand est à trois bornes. Si vous restez à bord, je m'arrêterai à la guérite des Chleuhs et leur dirai que vous vous êtes cachés dans ma voiture. Ils s'occuperont de vous et je toucherai la prime qu'ils remettent lorsqu'on leur livre des clandestins.

– Tu n'es qu'un…

– Ta gueule ! Ou vous partez ou…

Il était là, campé sur ses jambes écartées, avec le ventre proéminent de ceux qui mangeaient à leur faim en ce temps-là. Le chauffeur incarnait la satisfaction que donne la force, la béate certitude des humains qui ne possédaient pas d'étoile comme décoration, verdict et destin.

– Descendez !

Léa est partie la première en s'accrochant à la ridelle de la camionnette. A mon tour, j'ai sauté sur le bitume. L'autre a démarré comme un fou.

La veste de Léa, posée dans un fossé herbeux, a fait office de matelas. Je l'ai aidée à s'allonger. Elle avait soudain une allure de statue africaine avec ses rondeurs bizarres, ses pieds habillés de chaussures à semelles de bois, ses bas tire-bouchonnant et ce ventre rebondi. Son visage restait coloré de rose et brillait sous l'effet de la transpiration.

La fréquence des contractions s'est accélérée. Les femmes accouchent ! C'est une idiotie de dire une chose pareille tant c'est évident. T'as qu'à croire… C'est une évidence, oui, mais pour les femmes. Depuis toutes petites, elles sont programmées pour ça. Je n'étais pas une fille et, sans préavis, je suis redevenu un petit garçon. Accroupi au bord du fossé, incapable de prendre une décision, je continuais d'essuyer la sueur en chute libre sur le visage de Léa. Elle m'a souri. Un sourire comme je n'en ai jamais revu depuis. Ses doigts m'ont serré la main.

– Bastien ! Les contractions peuvent durer longtemps. Laisse-moi. Pousse jusqu'au village et ramène quelqu'un avec une charrette ou une brouette pour m'emmener jusqu'aux maisons. Là, une femme saura toujours ce qu'il faut faire. Va !

Je ne m'étais jamais trouvé dans un état pareil. Je me dandinais. Crois-moi, plus tard, dans la clandestinité, il m'a fallu réagir vite. À aucun moment, je n'ai connu d'hésitation. Là, ma femme, c'était ma femme, allait mettre au monde un enfant, le nôtre, et je restais hébété, muet, rendu con par une situation que je n'avais jamais imaginée.

La voix de Léa m'a tiré de ma danse maladroite. Une voix que je ne lui connaissais pas, un son ténu comme celui d'un enfant puni.

– Va jusqu'au village, va !

A l'époque, toutes les routes n'étaient pas encore goudronnées. Je suis parti en courant sur le chemin pierreux qui s'enfonçait dans les blés courts de juin. La poussière volait sous mes pas, je trébuchais sur la caillasse. J'ai couru, couru, couru. Une ferme s'est pointée sur ma gauche. Je me suis précipité dans la cour, poursuivi par un roquet aux aboiements aigus.

– Oh ! Calme, le chien ! Qu'est-ce que vous cherchez, vous ?

Il était là, l'occupant des lieux, rougeaud sous ses cheveux d'un gris sale, le béret tiré en avant vers le nez. Massif, court sur pattes, dans son pantalon de velours côtelé marron, aux pans larges, il devenait une muraille infranchissable.

Le souffle coupé par la course, hachant mes mots, je lui ai expliqué que ma femme accouchait sur le bord du chemin.

De sa poche, il a tiré un briquet à amadou pour rallumer le mégot jaune de Gitanes maïs collé à ses lèvres. Le jet de fumée a jailli vers moi. Le paysan m'a regardé, a hoché la tête.

– Vous essayez de passer la ligne ?

– Oui. J'ai des problèmes à Paris.

– Je ne peux rien pour vous. Les Boches nous foutent la paix. En aidant les clandestins à passer de l'autre côté, on sème la merde. Ils n'aiment pas. Ce sont les maîtres, maintenant. Allez-vous-en !

– Mais… elle va mourir ! Ma femme va mourir si on ne l'aide pas !

– Z'êtes juif ?

J'ai hoché la tête négativement.

– Ben, pourquoi vous voulez passer au sud ?

– Une femme qui… jalouse… Enfin, vous les connaissez, non ?

Son visage restait impassible.

De nouveau, il m'a examiné de la tête aux pieds. J'ai pensé à un maquignon qui hésitait sur les qualités d'une bête qu'il aurait voulu s'offrir dans une foire. Son cri m'a surpris.

– Oh ! Ginette ! Viens par ici !

Une silhouette sans âge s'est pointée. Elle possédait un visage au menton pointu, une face sur laquelle le temps avait creusé un réseau de rides. Une gueule de carte routière, qu'elle avait. Des cheveux en fil de fer blanc sortaient d'un foulard au jaunâtre pisseux noué sur le cou. Avec sa jupe noire descendant à mi-chevilles, son corsage, black lui aussi, elle tenait plus d'un merle géant que d'un être humain. J'ai pensé qu'elle était en deuil. Pensée idiote mais tu ne peux pas empêcher ta tête de fonctionner malgré toi quelles que soient les circonstances. Le regard de la paysanne s'est fixé brièvement sur moi. Elle a baissé les yeux.

– Va avec cet homme, Ginette, il prétend qu'une femme est dans les douleurs sur le bord de la route. Regarde ce qui se passe. Prenez les vélos. Fais gaffe à la patrouille.

Les machines enfourchées devaient dater de l'invention de la draisienne.

– Suivez-moi, on va prendre un raccourci par le petit bois.

A deux cents mètres de la ferme, elle est descendue de la bicyclette.

Nous étions sur un monticule d'où le regard couvrait l'espace jusqu'au Cher.

– Faut faire vite. La voiture de ronde des Allemands ne va pas tarder à partir. Ils suivent toujours le même parcours et longent d'abord la rivière, après ils montent jusqu'ici. Dans une heure, vous aurez les Chleuhs sur les bras.

Enfin, la route goudronnée.

Léa était toujours dans le fossé. Son visage plus creusé, sa peau blême, elle ne transpirait plus.

Son sourire m'a valu tous les mercis du monde.

La femme en noir est descendue dans la tranchée de drainage, a défait la jupe de ma compagne, s'est occupée de ses sous-vêtements. J'ai tourné la tête. Tu vois, Laurent, il y a des choses qu'on ne peut pas oublier. Elles sont gravées en toi comme les taches laissées par une flamme sur un morceau de bois. T'auras beau frotter, ça ne partira jamais.

La matrone, penchée sur Léa, lui parlait à voix basse. Je n'entendais qu'un murmure, des sons, pas des paroles distinctes. Je me suis approché du trou herbeux. Spectacle : Léa allongée, une fille de la campagne en noir, aux allures de croque-mort, cette ouverture dans la terre, un grand couillon impuissant. J'ai pensé à un accouchement dans une tombe. La vérité, mon gars, la vérité. T'as jamais accouché, toi ! Moi, si ! C'était la première fois que je voyais ça… Un bruit pour commencer, comme un claquement fait par un sac que tu déchires, splatch ! Et l'eau a giclé brièvement du sexe de la jeune femme, pour se dissoudre ensuite dans l'herbe. Léa a poussé un cri et posé ses mains sur son ventre.

Comme un idiot, comme tout mâle dans ce cas, j'ai posé une question aussi bête que moi.

– Tu souffres ?

– Un peu, aux reins. Mais ne t'en fais pas, Bastien, je m'en sortirai.

Nouvelle contraction. Elle se mordait les lèvres et ce n'est qu'un son presque inaudible qu'elle modulait.

Du haut du fossé, je ne percevais que tronqués les gestes effectués par la paysanne.

Le corps de ma femme a eu un mouvement brutal, comme si elle essayait de se redresser et de s'accroupir. Une odeur de fiel s'est faite sentir. Sous la pression interne créée par les poussées de l'enfant, Léa expulsait ses matières fécales.

Le cri soudain de l'accouchée a cassé le silence. J'ai sursauté. Mes mains tremblaient.

La sage-femme improvisée a levé la tête vers moi.

– C'est bon, la dilatation du col se termine. La tête de l'enfant est descendue dans le bassin. Venez m'aider.

Prudemment, pour ne pas risquer de tomber, je suis entré dans le fossé.

La fermière massait, d'un mouvement très doux, le ventre de Léa.

– Prenez un vélo, foncez chez moi. Demandez à mon vieux de vous donner des ciseaux, de la ficelle et un linge. Vite, les Allemands doivent être à Carisy. Un instant ! Passez-moi un de vos lacets de soulier.

Mon air ahuri a entraîné une réponse à laquelle je ne m'attendais pas.

– Avec quoi voulez-vous que je noue le cordon si vous n'êtes pas de retour à temps ?

Cordon ? Quel cordon ? Un accouchement, pour un homme, c'est parler en hébreu à un Sioux.

J'ai ôté une chaussure, enlevé un des lacets.

– Allez, ne perdez pas de temps.

Dur de pédaler avec une godasse flottante. Je lâchais la pédale, la recevais sur la cheville ; ça roulait et c'était tout ce qui comptait.

La ferme. Le chien. Le paysan. Le remake d'un film déjà vu.

L'homme m'a écouté et, sans un mot, est allé chercher ce que je lui demandais.

Je l'ai remercié et, de nouveau, j'ai posé une question imbécile.

– Elle est sage-femme, votre épouse ?

– Sage-femme ? Toutes les fermières savent aider une vache lorsqu'elle vêle, et c'est ben pareil avec une femelle. N'oublie pas de me rapporter les ciseaux et le torchon.

J'ai repris le petit sentier. Un bruit de moteur s'est fait entendre au loin. Je pédalais. Le bruit du diesel est devenu plus net. Chaque coup de pédale me rapprochait de Léa. Le ronflement du moteur, devenu fracas, envahissait tout. Je pédalais. Un silence a suivi. Si brutal que j'ai perdu l'équilibre et suis tombé du vélo. Une main jouait du tambourin sur mon cœur, j'avais les tempes serrées, la sueur dévalait sur mes joues. Je suis resté un instant immobile, la joue plaquée au sol. Je me souviens toujours de l'odeur de la terre, de l'insecte qui courait vers moi, une bestiole au dos verdâtre, des blés inclinés par la brise. Encore aujourd'hui, ça me paraît idiot : fou d'angoisse, mon cerveau schizophrène enregistrait des choses infimes, celles qui font la vie, même lorsque tu t'attends à crever d'une seconde à l'autre. Au loin, tout proche, a résonné le bruit d'une gigantesque crécelle. Vers la route, une mitraillette invisible dispersait la mort en morse dans le tonnerre d'une pluie d'orage cognant sur des branches d'arbre. J'ai laissé la bicyclette dans les blés verts. Courbé vers le sol, j'avançais vers la Nationale. J'ai perçu des sons étranges, des mots que je ne comprenais pas. A plat ventre, invisible, aveuglé par les tiges des graminées, je suis resté là un temps infini. Une autre voiture est arrivée. Je mordais mes poings, le sol. Ma bouche remplie de terre aurait voulu hurler. J'ai recraché la poussière, des herbes, mon impuissance. Et le ronron des mécaniques a surgi de nouveau. J'ai entendu les véhicules repartir, s'éloigner. Le silence est revenu. Total.

Paralysé, réduit à l'impuissance par la frousse, je suis resté là, longtemps. Il fallait que je sache, que je cesse de trembler. Plié en deux, je me suis avancé jusqu'à un boqueteau d'arbres qui me permettait de distinguer l'endroit où Léa… La route était vide. Rien d'humain dans mon champ de vision, rien. Les arbres étaient là, les poteaux électriques, les éléments banals d'un paysage standard. Plus de fermière, plus de vélo. Il fallait que je sache. J'ai foncé en avant. Le fossé était vide. J'ai sauté dans le trou. L'herbe était tachée de flaques sombres. Il devient noir, le sang, lorsqu'il sèche sur du gazon. Un bruit sur la route m'a fait plonger en avant. J'étais couché maintenant, la tête plaquée sur un morceau de gélatine, un tube du diamètre d'un petit doigt. Plus tard, quand je suis revenu à la ferme, la femme m'a dit que c'était le cordon ombilical. C'est tout ce qui restait de Léa. Elle m'a raconté, la paysanne, elle m'a tout dit. L'enfant est né pendant que je courais chercher le matériel qu'elle m'avait demandé ; elle m'a avoué avoir coupé le cordon avec les dents : "C'était ça ou…" Et le bruit de la patrouille s'est fait entendre. La sage-femme a sauté sur son vélo. Elle n'ignorait pas ce qui allait arriver. "J'y passais aussi, si j'étais restée. Je ne pouvais plus rien faire. Pourquoi elle avait pas ôté son étoile, vot' femme ?" Elle a rempli de marc un verre à eau et me l'a tendu. Je l'ai avalé d'un coup. Un vertige m'a saisi. J'ai vomi l'alcool, j'ai vomi ma douleur, j'ai vomi ma rage. "C'était un garçon", m'a-t-elle précisé. "Mais vous êtes dans le malheur, en ce moment, priez, ça aide !" J'ai essayé de prier mais tous les caractères d'une quelconque prière s'étaient effacés ; il n'y avait plus dans ma tête que des cases noires, les petits carrés d'une grille de mots croisés avec un seul mot, une seule définition : ce qui reste après le néant. Suivait la solution, en neuf lettres : désespoir. Oui, j'étais "dans le malheur", comme disait la fermière. Le malheur… un mot qui n'a pas de contraire. Le bonheur n'existe que dans les romans, tu connais, n'est-ce pas ? Ils se marièrent et eurent beaucoup d'enfants…

Laurent renouvelle les consommations.

– Ton histoire donne soif.

Décidément, aujourd'hui, c'est ma tournée des grands-ducs.

Le chauffeur fume en silence. J'en fais autant. Nous n'avons pas échangé un mot. J'ai payé et nous sommes repartis. J'ai repris mon récit, spontanément. Ce n'est plus la place du mort que j'occupe dans cette voiture mais celle d'un inconnu allongé sur le divan de son psy. Ça vient seul, sans efforts, je crache mes souvenirs.

– Les paysans m'ont gardé pour la nuit. J'ai dormi dans la grange. "Si t'entends du bruit, tu te planques là-bas, sous les sacs vides, ils peuvent remonter ici, ces gars, essaye de dormir", m'a dit le vieux.

Le lendemain, il m'a fait savoir qu'il fallait que je file. "Les Chleuhs vont interroger tout le secteur. Faut que tu partes. Je vais te faire passer la ligne et après… ni vu, ni connu. Ma femme a perdu les ciseaux, tu me dois vingt francs. Le torchon, je t'en fais cadeau."

Une petite demi-heure de marche. J'ai passé la ligne de démarcation. J'étais en zone libre. Je n'ai jamais su ce qu'ils étaient devenus, mes fermiers.

Libre… La zone, pas moi. J'étais habité. Envahi tout entier par une femme et un bébé. J'ai eu trois enfants depuis mais le seul qui vive avec moi, c'est ce gamin sans prénom, vivant et mort-né. En ce début d'été, la peine avait un nom, Léa ; le chagrin… une adresse : un hameau berrichon avec une vue imprenable sur le Cher et le poste de contrôle allemand. J'ai filé sur Toulouse. J'avais là un ami, un copain d'études de ma promo d'ingénieurs. Il m'a reçu chaleureusement. Lorsque je lui ai raconté mon passage de la ligne, tout a basculé. Sans élever la voix, il m'a fait comprendre que j'étais un salaud, que je trahissais le Maréchal, que des gens comme moi… oui, il a dit : "Tu vois, Bastien, ce sont les gens comme toi qui… Tu aides les juifs à s'en tirer… Tu compromets l'avenir. L'Europe sera allemande puisque nous avons échoué à la rendre française." J'te passe le meilleur. Et l'ami d'enfance, le gars avec qui j'avais partagé mes rêves, m'a gentiment mis à la porte. Je me suis retrouvé place du Capitole, j'avais la nausée et une envie folle de partir, de m'en aller, de foutre le camp, comme dans mon oflag. Je crois qu'à chaque moment important de la vie, tout type normal a envie de s'en aller. Mais qui est vraiment normal ? Tu le sais, toi ?

Le taxi roule.

Épinay. Enghien.

– Tu m'as pas expliqué, c'est quoi, un oflag ?

– Un camp de prisonniers réservé aux officiers. Les bidasses, eux, avaient droit à un stalag. Oflag… stalag… kif-kif c'était, mais ça sonne mieux, un vrai club de vacances divisé entre pétainistes majoritaires et les autres. Un magma informe d'hommes blessés dans leurs corps et dans leurs âmes, ne comprenant pas l'origine du désastre. Personne ne raisonnait plus et chaque paumé récitait un slogan. Z'avaient tous des explications de la dérouillée de 1940, les galonnés bouclés derrière les barbelés. A chacun son bouc émissaire, variable selon l'origine du gradé. Ce n'était plus la logique en action mais des pensées-réflexes que tu entendais à longueur de journée. Lorsque le malheur est trop énorme, tu n'as plus que de tout petits mots pour tenter de l'expliquer. Et tu n'es jamais en cause, jamais ! C'est toujours le voisin, le coupable ! L'ignoble ! Le traître ! Le fainéant ! C'est toujours la faute des autres lorsque les érections deviennent impossibles, sauf pour les monuments*. Vanité des vanités... Élever un monument, dresser un monolithe, c'est facile. Faire lever la tête d'un pénis fatigué, ça... c'est une autre histoire. Je les entends encore... Ça revient comme une rage de dents ou un polar à la télé, toujours le même refrain :

"C'est la faute de l'école sans dieu."

"Non ! Ce sont les juifs les responsables, sans Blum on la gagnait cette guerre."

"Les quarante heures... des congés... et payés en plus. Tu te les roules et on te paye. Va gagner une guerre avec des gus qui ont un poil dans la main ! Mon père travaillait douze heures par jour, six jours par semaine."

"La ferme ! On possédait un état-major de ganaches et de cons ! Y s'croyaient sur la Marne en 1918."

"Les engagés ne connaissaient plus le drapeau, ils ne venaient que pour la gamelle."

"C'est le Front popu qui nous a menés là ; désarmés qu'il nous a laissés, désarmés. C'est en Espagne qu'il a envoyé nos avions, en Espagne, j'vous demande un peu si ça avait du sens."

"Et les cocos ! On a eu les cocos en prime ! Les cocos ! Chacun au boulot et une justice sociale qu'ils exigeaient en plus. De l'utopie, mon cher, de l'utopie."

**Érection* : ne se dit que d'un monument (in *Dictionnaire des idées reçues*, Flaubert).

“Et les francs-macs ? Tu oublies les francs-macs ! Les cavaliers de l'Apocalypse qu'ils étaient... Avec leurs complices, youpins, parpaillots, communards. Des comploteurs ! Ah, si on avait eu un roi !”

“Et la sélection naturelle, vous en faites, quoi ? Y'a plus de race en France.”

“Et les cons ?”

Aucune pénurie à craindre dans ce domaine. Personne ne respectait plus personne. Pas un zig ne s'interrogeait sur les archaïsmes de l'armée, sur le général à la manche pleine d'étoiles en toc, qui, en pleine débâcle devant les panzers, proclamait dans la presse qu'il nous fallait des chevaux pour contrer la Wehrmacht. Nul ne se demandait pourquoi, avec des millions d'anciens de 1914-1918 traumatisés par leurs cauchemars, personne dans le pays n'avait envie de remettre ça. Non ! La Gaule était atone, stérilisée.

– Et, un jour, je suis parti.

– Comme aujourd'hui ?

– Oui, mais pas dans les mêmes conditions. T'as vu des films sur les camps de prisonniers, on en a tourné plein. Je n'ai pas creusé de tunnel, pas utilisé de faux papiers, je ne savais pas conduire une moto ni emmener la vache de ma patronne dans un rallye, j'ai seulement pensé à la lettre d'Edgar Poe, tu connais ?

– J'suis pas postier, Einstein.

– Manquerait plus que ça, conducteur et postier.

Edgar Poe a écrit une histoire extraordinaire, celle d'une lettre volée que tout le monde recherche alors qu'elle est sous le nez des fouineurs, posée sur la cheminée sans que personne ne la voie. J'ai fait pareil, je me suis transformé en lettre. J'ai simplement enlevé ma vareuse à cause du galon d'aspirant qui l'ornait. J'ai revêtu un bleu de chauffe avec les lettres K.G.* peintes dans le dos de mon vêtement. J'ai fauché un seau et un balai et je suis parti. Direction la France, via l'Allemagne. Aucun Allemand croisé n'a eu un geste hostile à mon égard. J'étais un prisonnier de guerre, c'était écrit sur moi comme une marque de fromage, K.G., j'étais, tout le monde pouvait le lire, mais personne ne savait que j'étais en cavale. J'avais un seau, mec, un seau vide et un balai. A la première gare, je suis monté dans un train qui allait vers Berlin et j'ai débarqué à la halte suivante. Pas question de faire un long voyage lorsque tu es de corvée d'évasion. En très courtes étapes, après avoir même balayé le couloir d'un wagon de première classe bourré de zigotos galonnés en vert-de-gris, je suis arrivé dans la capitale du Reich. Berlin ! Une belle ville, ma foi, encore intacte, avant qu'elle ne retourne à la poussière. C'était plein d'hommes et de femmes en uniforme. Z'avaient le génie du costard, ces gars-là, foutre tout un pays en tenue de combat ou de parade, fallait le faire. Ils l'ont fait. Les Germains se voyaient en vainqueurs. Ils l'étaient, d'ailleurs. Presque toute l'Europe leur appartenait. Dans l'euphorie, qu'ils vivaient, les Allemands, dans l'euphorie. Ils se goinfraient de tout ce qu'ils fauchaient à Bruxelles, à Oslo, à Paris et ailleurs et, vengeance des vaincus, ramenaient chez eux, en cadeaux, des chtouilles internationales. Vérolée qu'elle devenait, la Bochie, vérolée dans ses pensées, vérolée dans son sang. Tu parles… Le plus gros hold-up de l'histoire, qu'ils avaient réalisé, ces gangsters, personne n'avait osé, avant eux, une telle mainmise sur les portefeuilles, les

* Kriegs Gefangener = prisonnier de guerre.

esprits, les cœurs et les corps. Une Série noire historique, à l'échelle du continent, qu'ils écrivaient, ces chiens à la rage contagieuse. Et fiérots avec ça ! En pleine érection dès que Dolfie prenait la parole. Les boutons de braguette des hommes sautaient sous la pression et, bras tendus, ils gueulaient. Les femmes mouillaient leurs culottes, ouvraient leurs cuisses. *Sieg! Heil!* Vite, vite, ils fabriquaient un nouveau futur cadavre pour l'offrir à leur dieu. En ce temps-là, les langes des bébés allemands étaient tous couleur *feldgrau* ornés d'écussons régimentaires sur la barboteuse brodée d'une croix de fer ou de bois. Sur toutes leurs locomotives, dans les gares, tu lisais : *L'Allemagne triomphe sur tous les fronts!* Et c'était vrai ! Belgrade entrait, à son tour, dans la liste des trophées nazes. Le swastika inversé flottait aussi sur l'Acropole. Moi, je marchais. Pour bouffer, je volais dans les campagnes avant d'entrer dans une ville ou un village. Et, toujours en compagnie de mon seau et de mon balai, j'ai traversé l'Allemagne. Une fois, près de Cologne, j'ai failli me faire prendre. Un camion conduit par un type âgé m'a embarqué pour un bout de route. J'ai fait trente bornes. Il s'est arrêté, m'a offert une cigarette et m'a dit dans un français impeccable :

– Tire-toi, mec. Y'a un poste sur la gauche, juste avant d'arriver à la rivière.

J'ai ouvert des mirettes comme des hublots. Il a souri.

– J'ai fait la même chose que toi, en 1917, en France, du côté des Vosges. J'ai tracé la route, je m'emmerdais loin de chez moi et je me suis posé en Suisse. Beau pays pour finir une guerre. C'est si calme, la Suisse, à se demander s'ils rêvent, ces mecs. Mon fils est en Crète. Parachutiste, qu'il est. C'est pour lui que je fais ça. Un jour, peut-être, il aura besoin d'un homme qui lui indique le chemin... Depuis huit ans, en Allemagne, on ferme sa gueule si on veut rester vivant. Je continue. Je la boucle. File, gars, et veille sur toi.

4

Le taxi a quitté la Nationale.

Devenu un naufragé dans une ville déserte, en compagnie d'un Vendredi que je ne connais que depuis ce matin, je suis resté silencieux un long moment, avec la sensation d'avoir trouvé un compagnon unique.

– Comment t'as fait pour rentrer en France ?

– J'suis arrivé à Cologne… Alerte aérienne. Ce jour-là, les Angliches alignaient mille avions au-dessus de la ville. Vrai, j'en tremble encore. M'a fallu beaucoup de chance et de culot pour m'en sortir, mais parfois tu touches le bon numéro. Dans le chaos, toujours armé de mon seau et de mon balai, j'ai embarqué dans un train de Fritz qui montaient à Paris pour se défouler un peu. Les armées reprenaient leur souffle. Betites vames ! *Schön* Pariss ! Les vames vrançaises ! *Ach ! Mensch !* Pariss ! *Gut !* Le même rêve pour tous les troufions de la planète. Gagner la guerre et baiser, baiser, baiser. D'une façon ou d'une autre il faut que tu en aies, que tu les montres, au front et au plumard. Ces chers Prussiens possédaient une vision euphorique du conflit. Ils n'imaginaient pas un instant ce qui les attendait et se préparait en sourdine à l'Est. Et les bidasses chleuhs m'ont offert des cigarettes. J'ai même eu droit à un casse-croûte. Heureux, qu'ils étaient, heureux, je te dis. Paris. Gare de l'Est. Le train s'est vidé à toute allure. J'ai ôté mon blouson, abandonné mon seau et mon balai. Pas question de retourner chez moi, je ne savais pas si les autres ne me cherchaient pas à la maison. Je suis parti chez Michel. C'était encore un mec normal, sans étoile et sans fatwa. Sans illusion, il m'a expliqué que ça ne durerait pas. La France, par terre, effondrée, n'avait qu'une priorité : s'occuper des juifs.

– Parti comme c'est, on ne va pas tarder à nous expliquer qu'il est temps, pour nous, de nous excuser des crimes commis à notre égard par des hommes qui nous ont piqué Dieu. Ils ont transformé un géant comme Jésus en sœur de charité ; ils nous ont collé sa mort sur le dos, le crime absolu : la mort du Seigneur. Ce sont les Romains qui l'ont condamné et lui ont posé sur la tête une couronne d'épines, ce sont les Romains qui ont joué sa tunique aux dés, ce sont, encore et toujours, les Romains qui l'ont blessé de la pointe d'une lance. Seuls les centurions portaient des armes en Palestine. La crucifixion est leur œuvre et ils continuent aujourd'hui leur travail de mort en fermant leur gueule. Bonne répartition du boulot : ils se taisent et nous, nous portons le chapeau ! Ils sont les rois de la bouche cousue, les Romains, les rois, oui. Leur pape est muet, Bastien, muet comme la mort. Elle est lourde, la croix du Christ portée par ses frangins. Très lourde, mais comme disent les Romains : *ma che bella combinazione !* On accroche Dieu sur des planches, comme un vieux vêtement, et on désigne le voisin comme coupable. Frédéric de Prusse, souverain à la piété relative, demandait à un de ses généraux, très croyant, de lui indiquer un miracle. Et l'autre répondit : "L'existence du peuple juif, sire." Rome ne croit plus aux miracles, Rome ne croit plus à Rome, Rome ne croit plus en rien,

Rome est à genoux devant l'Antéchrist, Rome pleurera sur notre sort lorsque nous n'existerons plus. Et ce sera la fin du christianisme. Voilà la situation, Bastien. En attendant que l'Apocalypse déboule, soit le bienvenu !

– J'ai été reçu comme un frère. Léa, elle, m'a traité en amant. Je baignais dans l'euphorie. Un ami, une amante. Aux chiottes, la guerre ! J'étais libre. Mais je ne savais pas encore que ce n'était qu'une liberté à géométrie variable. J'étais libre... comme un prisonnier dans la courette de sa taule. Un homme en mouvement entre des murs sales avec une ouverture au-dessus de la tête. Une vue imprenable sur les nuages mais... à travers le fin grillage qui recouvrait le lieu de promenade. La France n'était plus qu'une prison à ciel ouvert. Un matin, Léa m'a annoncé qu'elle était enceinte. Tu sais comment ça s'est terminé.

D'un coup, le besoin de me taire s'est abattu sur moi.

Mon conducteur attendait la suite. Il a jeté un coup d'œil dans ma direction, a ouvert la bouche, mais a renoncé à poser une question.

Laurent s'oriente, déniche l'adresse où s'est repliée Paula. Avenue du Général Le Castagneur, vaillant commandant d'une retraite dans laquelle il perdit la moitié de ses hommes en 1870. Triste, on ne l'a pas canonisé mais seulement honoré en donnant son nom à une rue de banlieue. Même la gloire n'est plus ce qu'elle était.

Un numéro vide d'immeubles dans une voie en démolition.

Une palissade ferme le carré de terre nue qui s'étale devant nous.

De gros caractères, imprimés sur un large panneau de plastique, informent les passants de la réalisation d'un programme immobilier, "Les Hauts de l'île Bourbon", le style HLM de rêve, placé entre une voie ferrée et une déchetterie. Pas un chat à l'horizon, pas une trace du passé. Une tombe, voilà ce qu'il reste d'une maison vivante. Comme pour un humain, un nom, un prénom, une date d'entrée en scène, une autre indiquant la sortie. On arrive côté cour, on s'en va côté jardin. Point. Paula, encore une fois, est partie sans laisser d'adresse. Comme moi.

Une baraque détruite, un terrain vague. C'est mon image que je reçois en pleine figure, j'ai l'impression de me regarder dans une glace.

Encore une fois, Laurent m'a tiré de ma rêverie.

– Qu'est-ce qu'on fait ?

– Relève le téléphone du promoteur, je l'appellerai tout à l'heure, il faut que je revoie Paula. En attendant, si on allait casser une croûte ? Qu'en dis-tu ?

Coup d'œil au poignet.

– Bonne idée, c'est l'heure. T'as quelque chose contre la cuisine black ?

– Non, je suis sûr que ce ne sera pas du fast-food. Où va-t-on ?

– Chez Sylla, ma copine. Laisse-moi le temps de lui passer un coup de fil. T'as pas de portable, je suppose ?

– Non ! Tous les gâteux de ma pension en détenaient un. Ils rêvaient tous de posséder le dernier modèle, celui qui permet de péter dans l'appareil pour, enfin, entendre une voix humaine. Beurk ! Heureusement qu'en vieillissant tu deviens sourd, ça t'évite au moins d'entendre des conneries, pas de les dire, hélas !

Il sort de sa poche un de ces petits bijoux fabriqués par des génies pour emmerder le monde, compose un numéro, annonce notre arrivée.

– C'est loin ?

– Non, elle habite à Pompidou-City.

– Il n'y a pas de ville de ce nom !

– T'as raison, Bastien, mais lorsque tu habites avenue du Président Pompidou, entre un hôpital Georges Pompidou installé près du lycée Georges Pompidou, à deux pas d'une voie Pompidou, tu en arrives à oublier le vrai nom de ta ville. C'était sûrement un type formidable, ce gars, pour avoir donné son nom à tant de monuments, d'hôpitaux, de musées et de rues, non ?

– J'sais pas. Je ne me souviens même pas ce qu'il faisait, cet homme. Sylla… elle sera d'accord pour que je mange chez elle ?

Il a levé un sourcil, Laurent le *driver*.

– C'est qui, le boss ? Tu sais, Sylla c'est ma femme-plaisir, elle m'en offre, je lui en apporte. L'autre, Nora, que je retrouve le soir, c'est mon épouse officielle, la femme-boulot. Vous, ici, vous mélangez tout ! Regarde le nombre de divorces que vous avez ! Chez nous, chaque femme possède son truc. Et celle qui n'est pas contente, on lui explique qu'elle peut aller voir ailleurs. Pas besoin d'un avocat pour ça. Elle fait le colombo comme personne, ma Sylla d'amour. Tu aimes, le colombo ?

– Je ne sais pas ce que c'est.

Laurent me regarde, effaré.

– Tu vas faire des découvertes. Je te préviens que je t'emmène chez de drôles de gens, des métèques, venus d'Afrique ou des Antilles ; pas des miséreux – ils ne marchent pas nu-pieds –, mais des pauvres, détenteurs seulement de gueules de faciès, des gueules à être tolérés, le seul droit en leur possession. T'as remarqué… le droit de vivre n'est inscrit dans la constitution d'aucun pays. Paraît que c'est une évidence, le privilège de vivre. Pas sûr, mec, pas du tout même. Il faut qu'il soit aux normes, le privilège, mais ça, c'est une autre histoire, parce que les normes, elles changent selon le coin où tu vis. Et c'est pas fatalement celui où tu es né. Attache ta ceinture, on roule.

Encore une friche industrielle. Encore une usine dont l'activité a pris la route pour ailleurs. Une zone pavillonnaire s'encastre dans le paysage, suivie de deux barres de béton, on enchaîne par un brin de terrain vague et le taxi déboule sur un petit groupe d'habitations fait d'une roulotte, d'un camping-car et de deux petits bâtiments de briques de plain-pied, sans étages. Le tout fermé par une clôture de fil de fer.

– Où sommes-nous ?

– Chez des potes à moi.

Laurent se pointe à la porte la plus proche, frappe. Paraît une longue fille à la peau couleur de banane tirant sur le bronze clair. J'ai rarement vu une femme posséder un port de tête pareil. On dirait qu'elle a un tuteur dans le dos qui l'oblige à dresser ainsi la tête vers le ciel. Quelle chute de reins ! Ses fesses cambrées tendent un tissu rouge vif orné de pastilles blanches et noires. Rien que de la voir, on a envie "d'aller à dame" ! Ses cheveux forment des tresses étroites qui dévalent sur un front bombé. Tout, dans son regard, son corps, dans son allure, dans son déhanchement, évoque une tempête sensuelle, le désordre amoureux et la volupté. C'est ça l'imaginaire des vieux. Il n'y a plus que là que l'imagination peut prendre le pouvoir. Quant au reste...

Rapide présentation. J'ai droit à un sourire *first class.*

– Je m'appelle Sylla. Les amis de Laurent sont mes amis. Bonjour, Bastien.

La voix, légèrement voilée, met en valeur les quatre syllabes de bon-jour-bas-tien! Ça fait chaud d'entendre ça lorsqu'on est en cavale pour retrouver ce que l'on est. Un bonjour de ce genre devient une denrée rare. C'est vrai que *bonjour* est un souhait de "bonne journée". Aux Cannabis, c'était plutôt une marque d'étonnement: "Tiens! Tu n'es pas mort?"

L'amie de Laurent me désigne un siège de rotin.

– Laurent! Sers-nous des ti-punchs.

Mon vieux copain – oui, vieux copain, même si notre relation ne date que de ce matin – s'affaire, pose trois grands verres sur la table. Il se dirige vers le frigo, en sort une carafe.

– Un bon ti-punch se prépare au moins vingt-quatre heures à l'avance. Celui-ci est un punch *fillette,* si tu commences par un *pirate* tu vas décoller vite fait.

Toast silencieux. Les trois verres s'entrechoquent. Je goûte, je déguste. Trois ans, ça fait trois ans que je suis à l'eau minérale! L'alcool, sa force, son parfum, glissent en moi. Ma carcasse, bosselée de tous les coups reçus, se redresse. Tout redevient lisse. Un vent oublié, un souffle amical gonfle dans ma tête; je regarde mes compagnons imprévisibles ce matin encore. Ils sont jeunes, beaux; chacun de leurs gestes esquisse un dessin abstrait autour d'eux. J'aime la course des jambes de cette fille lorsqu'elle se dirige vers la cuisine pour y prendre deux autres verres, j'adore l'envol de sa jupe sur ses cuisses cuivrées. Une danse sans musique. L'instant magique où le corps échappe à l'immobilité terrestre pour entrer dans l'espace. Un chorégraphe ne fait pas autre chose que de récupérer l'élégance du mouvement, son charme, pour le transmuter en rythme. Le naturel devient chimère et vous emporte dans une farandole.

Hourra! Je suis danseur étoile, je deviens maître de ballet. La vie n'est que ça, une danse, un déhanchement, une pulsion qui démarre; tout est là, devant moi à portée de main, à portée de mes yeux, à portée de mon ti-punch. Le verso vivant de la face mortelle des Cannabis.

Un homme et une femme, arrivés séparément, se sont mis à table, eux aussi.

Sylla leur tend des verres pleins. Nouveaux toasts sans paroles.

Lui, Gilian, c'est d'abord une face brune avec des yeux rapides, un regard de malin dans un visage lunaire posé sur une grande armoire aux épaules carrées, aux paluches épaisses. Je sens la souplesse des phalanges et la dureté de la peau lorsqu'il me serre la main.

Mila, la fille, possède un corps qui relève plus de la plante que de l'humain. Chaque geste, chaque mouvement semble donner une impulsion irrésistible à ses seins, à ses hanches. Elle détient le privilège d'une chute de reins à rendre jalouses celles du Niagara. Le brin d'osier à face humaine s'incline et se métamorphose en une tige en mouvement sous l'effet du vent. Son visage s'achève par un menton à l'arête vive qui atténue la rondeur de ses joues. Les yeux, topaze liquide, deviennent parlants lorsque la fille rabat ses paupières à demi. Le style "Viens, chéri, y'a du feu chez moi!". Ce n'est plus une femme mais une incitation à embarquer pour des horizons jamais vus. J'ai connu ça autrefois et même si je vis une existence dont les règles ont changé, je refuse de rester sur la touche et de regarder la partie se dérouler sans moi. Ce matin, Albert Einstein joue avant-centre.

J'apprends que Gilian exerce un métier rare : marchand de bonheur.

En bon Gaulois qui ne craint qu'une chose, recevoir le ciel sur la tête, rien ne m'étonne. J'avoue quand même que c'est la première fois que je rencontre un gars qui fait métier de vendre le bonheur alors que le congrès œcuménique des gourous ne proposait, jusque-là, qu'une existence *post mortem* si belle que l'on se demande pourquoi le suicide n'est pas obligatoire, comme le mariage ou la télé, pour accéder plus vite au nirvana. Seuls les marchands de bonheur restaient un mystère pour moi. Plus pour longtemps. Gilian sort une carte de visite de sa poche, me la tend.

– Je suis Médium, Grand Médium ! Avec des majuscules. Je promets, et je tiens. Je désenvoûte les ensorcelés, je fais des nœuds à l'affection rompue, j'aide les gens à réaliser des placements lucratifs et à comprendre le CAC 40, sinon comment me paieraient-ils ? Avec 2,75% d'intérêt sur l'argent que tu portes à l'épargne, tu ne vas pas loin. Je ramène l'être chéri(e) à la maison, le petit pigeon qui a oublié d'aimer d'amour tendre et a pris son vol pour se poser dans un nid de coucous, je fais fuir l'angoisse de la mort, l'impuissance ressentie lorsque tu casses les lacets de tes chaussures, la panique devant ton portable qui n'a plus de piles. Si ta télé redevient noire et blanche quand tu rêves de couleurs, viens me voir, Bastien, je te remets tout ça d'aplomb en deux temps, trois mouvements. Et ce n'est pas cher, mon frère, cinq euros la consulte, cinq petits euros pour retrouver le bonheur. Le meilleur rapport qualité/prix, introuvable sur la place de Paris, pas un psy, toutes églises confondues, n'applique un tarif pareil avec un résultat kif-kif. Tu repars de chez moi heu-reux !

– Et Mila ?

– Oh, elle est chanteuse urbaine.

– C'est quoi, ça ?

– Elle pousse la goualante dans les rames du métro. Et elle chante si faux que les gens lui balancent la thune pour qu'elle se taise. Elle arrive à battre un chanteur d'avariétés de la télé, c'est dire ! En fait, elle m'assiste lorsque les hommes sont en panne dans leur tête, et une panne de tête entraîne toujours un arrêt du sexe. L'horreur. Tu rêves d'un bambou et tu n'as plus qu'un brin d'herbe devant les yeux. Tu te prends pour le Chaka* du plumard et tu n'es plus que Grouchy à Waterloo. En retard, mec, toujours en retard. Elle est là, ta princesse, brûlante de tous ses désirs, prête pour tous les envols vers l'extase sans frontières, et toi, qu'est-ce que tu fais, toi ? Tu cries : *contact* ! Mais tes dynamos sont en panne. *Moteur* ! Même à la manivelle, il refuse de démarrer, ton deux cylindres ! Et Mila entre en scène. La reine Mila, comme ils disent, danse devant les gars déprimés. Même les aveugles retrouvent la vue et ses clients n'en sont pas arrivés là, ils sont juste borgnes. Vient ensuite l'instant où elle leur offre une tasse de son philtre. Un élixir qu'elle a mis au point. Une touche de ginseng, un doigt de yohimbine et… tu verrais les mecs ! La joie revient, la vie dévale.

* Le fondateur de l'empire zoulou, le Napoléon africain.

Vite, vite, ils redressent la tête et deviennent des intellectuels, des roseaux bandants. Quand j'te dis que je suis un marchand de bonheur !

Gilian sort de sa poche un anneau doré orné d'une pierre noire et me le colle sous le nez.

– Tiens, tu ne veux pas un talisman ?

– Je ne suis pas superstitieux.

– Comme tout le monde. Tu joues au dur et tu lis ton horoscope en cachette. Je suis un spécialiste du bonheur annoncé, pas un lecteur de rayons de lune. Alors, cette bague, tu la prends ? Mon chasseur de mauvais sorts, il vient du Gabon, créé par un griot, et c'est bon. Rien que le nom te le dit. C'est bien, c'est bon, y'a bon, c'est Gabon, c'est Gilian. Pas cher, la bague, vingt euros, et comme t'es un pote de Laurent, tu m'en donnes dix et t'es protégé. Arrière les douleurs ! En déroute le cafard, en fuite la panne de tête ! Tous tes vœux seront exaucés, tout est à portée de main grâce à mon pouvoir et à l'anneau magique. Dix euros ! Vrai, t'as plus rien à ce prix-là au rayon espérance.

J'attrape un billet dans mon portefeuille, le tends au médium et enfile l'anneau à mon annulaire gauche. Au point où j'en suis, si ça ne me fait pas de bien, ça ne me fera pas de mal.

C'est mon second ti-punch et je commence à croire que c'est un amateur de rhum qui a inventé le technicolor. Les couleurs ont changé autour de moi, les teintes douces se sont faites plus tendres ; les autres, les foncées, possèdent maintenant un relief qu'elles n'avaient pas auparavant.

Sylla annonce que le colombo est prêt. Mila se lève et file elle aussi vers la cuisine pour donner un coup de main à son amie.

Laurent se verse un troisième verre. Je refuse d'un geste. Le garçon me souffle à l'oreille :

– Elle est belle, Mila, tu ne trouves pas ? A Gorée, dans mon île, au large de Dakar, des femmes comme elles on en a toujours connu. Les Signares, qu'on les appelait.

– Signares ?

– Oui, des dames, des *senhoras* en portugais. N'oublie pas que ce sont les Portos qui, les premiers, ont fait route plein sud vers le Cap. Ces belles étaient le résultat des unions avec des navigateurs affamés côté sexe, les "mariages à la mode du pays". Jamais ces aristos locales n'épousaient de simples matelots, mais toujours des officiers ou des nobles.

J'approuve d'un hochement de tête. Hilare, l'autre me fait une confidence :

– A son regard, j'ai vu que tu lui plaisais. Elle est géniale dans le frottis du cigare, un truc qui se transmet de mère à fille, de génération à génération, expérimenté sur les Belges lors de la conquête du Congo. Géniale, qu'elle est, Mila, géniale ! Abandonne tes rêves et essaye. Mais goûte d'abord au colombo de Sylla. Un athlète se doit d'être en forme lorsqu'il fait de la compétition, t'as compris, Einstein ?

Je me demande si le grand Albert a jamais dégusté un plat pareil.

Entre ma langue, mon palais et mes lèvres, le moelleux du porc, l'aigrelet du citron vert, le parfum de la cannelle, la vrille en action du piment, le goût inimitable de la poudre de colombo avec les reflets dorés du curcuma, il s'est créé un goût qui m'a fait chanter les papilles. Avoir connu les steaks de vache retraitée ou de taureau centenaire mort d'amour, souples comme des semelles, accompagnés de la purée synthétique du réfectoire des Cannabis, et déguster ce plat me fait penser à la joie des marins découvrant la terre après la première traversée de l'Atlantique en 1492. Comme dirait Michel s'il vivait encore : "C'est pas casher, Bastien, mais c'est rudement bon !" Qui donc a dit que le jambon désaltérait ? Un sage, en vérité. Oui, mon frère, t'avais raison ! Le jambon désaltère parce qu'il donne soif et que la soif fait boire ! J'ai dû me désaltérer sans m'en rendre compte. Combien de ti-punchs ai-je avalés ? Lorsque j'ai ouvert les yeux, j'étais allongé dans un lit, déshabillé sous un drap, la tête posée sur un coussin brun clair d'une douceur d'eider. J'ai mis une seconde à réaliser qu'il ne s'agissait pas d'un oreiller mais du sein de Mila, aussi nue que moi. Une langueur oubliée depuis la fin du déluge m'habitait tout entier. Plus question de vacances dans l'archipel des Tamalous, le site préféré de tous les seniors. J'ai bougé les épaules. Mes articulations rouillées étaient redevenues souples. J'ai étiré une jambe. Miracle ! Le genou n'a pas craqué, les jointures n'ont pas bougé. La tête sous la toile, je me suis offert durant quelques secondes une vue plongeante sur des courbes et des rondeurs dont le souvenir m'avait quitté depuis trois millions d'années. Dieu n'a pas fait l'homme à son image, non ! Grosse erreur ! La seule image divine est celle de la femme et la preuve était là, vivante et endormie, sous mes yeux et mes mains qui ont entamé un lent mouvement de reptation le long d'une hanche. Je me suis dit que le temps devait avoir perdu le nord, le printemps démarre en mars, pas en novembre. Ma tête a refait surface. Profonde inspiration. Je suis resté fasciné par ce téton rose et mauve qui me faisait de l'œil à trois centimètres de mon visage. Brutalement, j'ai eu envie de chanter. J'ai ouvert la bouche, refermé les lèvres, rabattu mes paupières et me suis collé encore plus près de cette peau de satin qui sentait l'ambre et l'amour. Bonne nuit, les gars ! Je vais reprendre mon rêve.

Je crois que je me suis immédiatement rendormi.

5

La voix de Laurent m'a tiré d'un rêve.

– Oh! Debout! Tu dors depuis hier après-midi.

Je me suis redressé dans le lit vide. J'étais seul de nouveau.

– Lève-toi, Einstein! Tu vas?

Aller où ? Non, il ne s'agit pas de ça mais de "Comment vas-tu?". Je vais bien, oui, merci.

L'autre regarde sa montre.

– Viens prendre un café, il est presque midi. T'as pas mal au crâne?

Non, ma nuque est souple, mon regard n'est pas brouillé.

Laurent me raconte ce qui s'est passé depuis la veille. C'était seulement hier? Pour moi, le départ des Cannabis remonte au moins à la chute de Constantinople.

L'autre me fait part de mes exploits. De mes excès de boisson, de bouffe et de la cour assidue que j'ai faite à Mila. J'apprends que j'ai même chanté des strophes aux paroles susceptibles de heurter les moins de dix ans, comme à la télé au passage d'un porno soft, avant de m'écrouler sur le lit. Il paraît que Mila, pliée en deux par le fou rire, a craqué lorsque, auparavant, j'ai entonné *En revenant de la revue.*

Après…
Ma femme portait deux jambonneaux,
Ma belle-mère comme fricot
Avait une tête de veau
Ma fille son chocolat,
Et ma sœur deux œufs sur le plat.

Gais et contents, nous marchions triomphants,
En allant à Longchamp, le cœur à l'aise,
Sans hésiter, car nous allions fêter,
*Voir et complimenter l'armée française**.

… je me suis affalé et Mila m'a gentiment bercé. J'ai tout oublié mais je suis sûr que c'était plus doux qu'avec ma maman. Je ne me suis jamais endormi dans ses bras. Me souvient que Mila était nue et j'aime les images floues qui me reviennent en mémoire.

– Où sont les autres ? Les femmes ? Gilian ?

– Tout le monde est parti. Faut bien gagner son bœuf. Dès que tu seras prêt, je te conduirai où tu voudras. Sylla te propose de rester ici, si tu as besoin d'un logis provisoire. Pompidou-City sera ton camp de base. Un conseil, mets-toi au rock. Sylla, les chansons d'autrefois la font pleurer… de rire.

J'avale un bol de café et une tartine où la couche de beurre atteint l'épaisseur d'un doigt. Mon taux de cholestérol n'intéressera pas aujourd'hui le docteur Jivaro.

Laurent me passe un rasoir tout prêt. D'habitude, j'utilise un engin électrique. Je me barbouille le visage de

---

* Chanson de Paulus, *En revenant de la revue.* Paroles : Delormel, Garnier. Musique : L.C. Desormes.

mousse. Enfin une gueule dont la couleur est assortie à mes cheveux. J'ai l'air d'un père Noël à l'œil égrillard. Douche. Pas question de laisser l'eau déborder du bac. Je n'ai pas de vengeance à assouvir ce matin et le Déluge, chacun le sait, n'a été créé que pour punir les hommes de leurs péchés. Comme tous les grands projets, celui-là aussi a échoué : "Il est resté un homme." Je n'ai rien à me reprocher sinon que j'ai l'impression d'avoir changé de peau. Avec le progrès, c'est peut-être un délit, allez savoir.

J'enfile mes vêtements de la veille. Pas question de repasser à ma caserne. Il faudra donc que j'achète un peu de linge.

– Annonce le programme, Einstein. A moins que tu ne me vires, je reste avec toi.

– Et ton boulot ?

– Pas de problème, je peux arrêter une journée. On prendra ma voiture perso, elle sort de révision. Pourquoi tu fais ça ?

Marrant ! Je me sens tout neuf moi aussi, du moteur aux pièces détachées.

– J'ai envie de retrouver Paula. D'abord, faut parler avec les promoteurs de la construction qu'ils vont installer à la place de la maison où elle logeait. Tu as relevé le téléphone ?

– Oui, je les appelle ?

– Et tu me les passes.

Accueil classique. Sonnerie dolente, musique sirupeuse, et une voix de yaourt velouté me fait part de ses ordres.

– Pour acheter une maison, tapez 1, pour vous offrir un bordel, tapez 2, pour sauter votre correspondant, tapez 3, pour obtenir un renseignement, tapez 4.

Je cherche un être humain et je n'obtiens qu'un robot, comme d'habitude. Enfin, ça y est…

– Société de constructions et de destructions industrielles, Flora à votre service.

En serrant les poings, j'arrive à expliquer que je recherche une parente qui vivait dans la maison détruite rue du Général Le Castagneur, située entre Enghien et Pompidou-City.

– Je voudrais simplement savoir où sont passés les pensionnaires de l'immeuble détruit.

– La personne dont vous me parlez a-t-elle été placée avant ou après la canicule ?

– Quelle importance ?

– Je sais qu'on a évacué les morts de chaleur sur le cimetière de leur choix, je veux dire sur celui des familles, quant aux autres, ils ont été transférés à Étaples.

– Étaples ? Dans le Pas-de-Calais ?

– C'est cela ! Une résidence de rêve, financée par une ONG, c'est dire. Et au bord de l'eau. Étaples est un port de pêche. Le bonheur pour les pensionnaires, le bonheur.

Elle finit par me donner l'adresse et un numéro de téléphone.

Je raccroche. Appel vers Étaples.

– Missillac ? Non, je ne vois pas, mais je suis nouvelle ici. Adressez-vous à la mairie de sa résidence précédente. A quel service ? Mais à l'état civil évidemment. Vous ne savez pas qu'on a eu la canicule ?

Mairie.

Brèves recherches. Non, Paula ne faisait pas partie du lot de vieux légumes déshydratés durant la sécheresse récente.

– Voyez l'urbanisme. L'autorisation de détruire le bâtiment est de leur ressort. Le relogement aussi.

Blabla. J'hésite.

Laurent m'interroge et débloque la situation.

– On part quand ?

– Tout de suite. D'ici que les Cannabis m'aient lancé les flics aux trousses... Tu vois le journal TV, ce soir ? Ils vont ouvrir sur la fuite d'un homme qui avait tout pour être heureux. Comme tout le monde, quoi ! Un vieux gâteux en route vers autre chose. Alerte à toutes les voitures ! Alerte à tous les postes-frontières ! A toutes les polices ! Aux sociologues ! Aux stations radars, aux phares et balises ! Sébastien Lesquettes est en cavale ! Danger, Albert Einstein taille la route ! L'ennemi public, c'est lui ! Cessez de sourire dans les séquences télévisées de pub ! Vous êtes en danger ! Bastien Lesquettes court vers la vie ! Tu es prêt, Laurent ?

– Je passe chez moi prendre ma voiture et on y va.

– C'est loin, chez toi ?

– Non. Ma femme-boulot s'occupe de la cantine de la communale.

Rapide crochet vers un centre commercial. J'achète une mallette que je garnis de linge. Paré pour l'aventure. Je suis maintenant installé à ma place, celle du mort, à la droite de Laurent.

Il marque un arrêt devant le bâtiment scolaire.

– Viens avec moi, je vais te présenter Nora.

Aucun problème pour entrer dans l'immeuble. Tout le monde connaît Laurent.

Deux affichettes apposées sur le mur de droite, près de la porte, informent les élèves que :

1. L'usage des armes à feu est formellement interdit en classe. Les armes blanches ne sont tolérées que durant l'heure de la récréation. Les coups-de-poing américains, même nickelés, doivent être déposés chez la gardienne.

2. Si vos notes sont insuffisantes, ne crachez pas au visage des enseignants, ils ne sont pas responsables des programmes scolaires.

Voici la cantine.

Nora est là. Elle raccroche un panneau tombé sur le sol. Le texte, sans fautes d'orthographe, rappelle aux enfants l'interdiction d'uriner dans le réfectoire.

Bisous, bisous. Très vite, Laurent explique à la femme-casserole que je suis un de ses clients en route vers la mer.

C'est parti.

La Défense, son désert, ses horreurs de béton et ses fantômes de 1870 ferment l'horizon. Heureusement qu'ils sont oubliés depuis longtemps. Qui connaît encore les raisons de cette guerre ?

Autoroute.

Novembre. La grisaille cadenasse le ciel. Trafic fluide. Pas de promeneurs en cours d'évasion ni d'écolos en quête de verdure planqués dans leurs 4 × 4 géants, unique protection pour éviter de se faire tuer par les vélos.

J'allume deux Gitanes, en passe une à mon pilote.

– Direction, Étaples. C'est le seul point de repère que je possède.

– Qu'est-ce qu'elle est pour toi, Paula ?

Je tire sur ma cigarette, regarde la fumée masquer le rétroviseur. Bonne pioche ! Qu'est-ce qu'elle est pour moi, Paula ?

– Tu tiens vraiment à le savoir ? Parfait. Attache ta ceinture, on entre dans une zone de turbulences. Tout a commencé après mon passage de la ligne de démarcation et mon arrivée dans le Sud-Ouest.

C'était à Toulouse, après la mort de Léa. Je bougeais dans le néant. Je n'étais pas Hamlet s'interrogeant sur le rôle de son nombril mais Yorick, tu sais, ce brave Danois dont il ne restait qu'un crâne pour narguer le prince de Danemark. Yorick… le bouffon du roi. J'étais ce monarque n'ayant plus que le deuil pour couronne et l'envie de tuer pour sceptre, avec un clown installé en lui, à vie. La dérision, l'aversion de moi-même et des autres, voilà ce que j'étais devenu. Avec une toute petite lueur, la preuve que je bougeais encore, la haine qui m'habitait : une haine incommensurable. Je suis entré dans le long apprentissage de l'horreur, l'instant terrifiant où l'on n'existe que par la négation de tout ce qui vit autour de soi, ce moment fou dont il ne reste que l'intensité explosive qui suit l'exécration. Léa et mon gamin disparus… Il me restait quoi ? Ça ! Cette folle envie de laver le sang des victimes par le seul produit qui puisse l'effacer, le sang des assassins ! Lorsque la justice est morte arrive le temps des justiciers. Au fond, je m'en foutais de la justice, la vengeance seule m'intéressait, la seule action capable d'effacer mon impuissance lors du meurtre de Léa. Je n'ai pas plongé dans l'alcool ; mes crampes d'estomac faisaient office d'exutoire lorsque le désespoir menait le jeu. Un paquet de douleurs que je ne dominais pas, un type vide, éviscéré, aux fonctions uniquement animales, manger, boire, dormir, souffrir, tel était mon nouvel aspect. Un mort, assassiné, sans sentiments. On arrivait même à tuer les morts à cette époque. C'est peut-être ça la véritable différence entre un cadavre et un vivant :

l'absence totale d'émotions. Un morceau de viande morte, sauf s'il crame, continue à vivre d'une autre façon. Il se décompose, redevient acides aminés, file dans la terre, reste vie sous une forme chimique, possède des ongles et des cheveux qui continuent à pousser après le décès. Mais aucune carcasse détruite ne persiste à penser, à aimer, à construire, à rêver; aucune. Personne ne remarquait que Sébastien Lesquettes, buvant une bière à une terrasse de la Place Wilson, n'était plus qu'un squelette. Une rime riche, pourtant. En apparence, j'étais un homme jeune, costaud, correctement vêtu. Un gars musclé, de taille moyenne, avec des cheveux bruns coupés court, des yeux marron aux reflets mélancoliques. Un homme qui regardait la foule faite de paquets humains en lente déambulation sur le pavé, des êtres en interrogation sur un avenir qui devenait de plus en plus bouché. Beaucoup de juifs parmi les passants, des réfugiés de Paris, du Nord, de Belgique. J'ai retrouvé là un officier de mon unité, un lieutenant qui avait réussi à échapper à la souricière de Dunkerque. Wicher, qu'il s'appelait, Jean-Louis Wicher. Un juif lorrain qui ne se remettait pas du désastre qu'il résumait ainsi: “Les bandes molletières contre les petites bottes des nazes, les chevaux face à l'acier des PzKw*, les Stukas en piqué sur des hommes assommés, et tu veux gagner une bataille avec ça?”

Nous nous sommes vus, revus. Chaque matin, nous buvions notre ersatz de café, un mélange de grains et de glands grillés. Chaque jour nous commentions les infos de la BBC, captées sur nos postes de radio antédiluviens.

* La désignation des chars dans la Wehrmacht.

Tout bougeait autour de l'îlot français baptisé à tort État français. Ce n'était pas un État et il n'avait de français que ce mot... Un jour, les Américains ont débarqué en Afrique du Nord. Les nazes ont violé l'armistice, sont entrés en zone nono. Leurs complices italiens se sont installés le long de la frontière alpine, du Léman à la Méditerranée. Wicher a décidé de retourner au casse-pipe.

– Notre univers a achevé sa course, un autre va naître, il faut y aller de nouveau si nous ne voulons pas regarder passer les trains. Je ne me sens pas une âme de vache. Ce qu'il y a de bien avec la fin du monde, c'est qu'elle recommence périodiquement. Je veux être dans la prochaine édition. Si tu as tort contre l'Histoire, malheur à toi, elle te broiera. Donc, en voiture! Je cherche un passage pour l'Espagne.

Un matin, il m'a annoncé qu'il partait.

– Tu peux venir avec moi, j'ai un contact sûr. Direction Pau.

Nous avons traversé la frontière près de Ferrières, en Béarn. Pas d'espace Schengen pour les fuyards vers la liberté. Les barrages des GMR*, fallait les éviter, la montagne, fallait la passer. Tous n'y arrivaient pas. Ô crétin de roi ou de diplomate qui a déclaré un jour: "Il n'y a plus de Pyrénées!", répète ça aux as du crapahutage pyrénéen des années 40, pour voir!

Réception triomphale de l'autre côté. La garde civile nous a fait un accueil en fanfare. Direction la prison de Pampelune. Un vrai bonheur. Dix types dans une cellule de dix mètres carrés, un mètre par tête, l'égalité absolue.

* Groupes mobiles de réserve ou unités de gendarmeries mobiles.

Pas de lits, seulement des paillasses roulées chaque matin et étalées, côte à côte avant le dodo du soir. Pas de douches, pas de chiottes. Des tinettes! Un mot que personne ne connaît plus aujourd'hui. Des baquets métalliques à merde, voilà ce que sont les tinettes. La première fois que tu t'installes là-dessus et que les neuf autres de la taule font cercle autour de toi, je te jure que tu n'es plus fiérot. Et chaque jour, corvée de tinettes! Ça, c'était pour les idiots de mon espèce qui avaient décidé qu'il fallait se battre. Les autres, les pas cons, continuaient à se goberger, à attendre la raclée définitive des perfides Angliches qui avaient brûlé notre Jeanne, à espérer la défaite des salauds de Rouges qui voulaient te piquer ton portefeuille, à fêter l'excommunication finale des pourris de youpins engoncés dans leur fidélité à leur foi et à la France. Les pas cons montaient l'estrapade pour les athées, alignaient les pelotons d'exécution réservés aux parjures gaullistes, élevaient des guillotines pour les naïfs qui pensaient simplement, comme tous les gens simples, que certaines choses ne sont pas possibles et donc inadmissibles. Tu trouvais tout ça dans le paquet des taulards des prisons espagnoles et des *balnearios**, tu avais aussi quelques agents nazis camouflés qui essayaient de remonter les filières d'évasion sans parler des milliers de prisonniers politiques espagnols qui supportaient leur sort avec un stoïcisme de militant. La sainteté existe aussi chez les laïcs, mec, et les républicains en avaient leur part. Les contacts avec eux étaient pratiquement

* Pour assouplir le régime des détenus, la Croix-Rouge avait obtenu pour certains prisonniers le droit d'attendre en résidence forcée la régulation de leur situation et la prise en charge soit par une ambassade, soit par les Français libres qui avaient une antenne à Madrid.

impossibles. Ils vivaient leurs cauchemars, seuls. C'est un fait, mon gars, durant les années 40, les terreurs se vivaient entre initiés, les autres ne SAVAIENT RIEN, ou ne voulaient pas savoir. Un jour, transfert à Miranda. Tu n'as jamais entendu ce nom-là, citoyen Laurent ? Normal. Même les Espagnols ne s'en souviennent plus. Inconnu, Miranda ! Encore un camp qui n'a jamais existé. Miranda... Un site de vacances, un lieu d'enfermement à l'espagnole durant la Seconde Guerre mondiale. Enceinte classique, murs et miradors. Décor standard dans un temps où les hommes libres étaient tous derrière des barreaux ou des barbelés. Avec, en supplément, le soleil d'Espagne, tu sais, celui de l'affiche touristique, à la Miró, ce merveilleux soleil qui bronze et qui tue lorsque tu n'as rien pour te protéger de lui, avec un cadeau, la vermine comme seul bijou autorisé, ton corps en était plein de ces saletés, plein. Tout le pays crevait de faim, tu peux donc imaginer ce que bouffaient les taulards en route vers la liberté, telle qu'ils l'imaginaient. La liberté, c'est comme les femmes ! Superbe tant que tu n'y as pas goûté. Après... faut nuancer, pas le choix. A Miranda, le prix pour l'atteindre, c'était la chiasse causée par la cuisine à l'huile de mierda. Sans distinction de nationalités, tout Miranda avait la courante et un taux de mortalité propre à un camp de concentration normal. Les anormaux étant en Pologne. Un jour... miracle ! Le droit de partir. Direction ? Casablanca, pour Wicher que les chars attiraient. Donc balade chez Leclerc. Ce n'était pas mon école. Je voulais du direct, du contact, des gars à saigner comme Léa avait saigné. Je me suis retrouvé à Londres. Engagement chez De Gaulle. Je retrouve deux garçons fréquentés à Paris avant le déluge, eux aussi embarqués dans un exil combattant, et me voilà dans un service spécial. J'avais quitté la France pour me battre, pas pour me noyer dans une administration. Je me liquéfiais dans la paperasse. Demandes de mutation, rouspétance. Questionnements. Et me voilà en route pour l'Écosse afin de suivre une formation particulière.

C'était en 1943, l'année terrible.

Un jour on m'y a renvoyé, au pays. Pas en bateau, trop dangereux ! En parachute ! C'était plus sûr. Avec, pour compagnon, un émetteur radio enchâssé dans une mallette. J'te passe les détails sur les gens qui m'ont pris en charge, et je me retrouve à Grenoble, en Dauphiné.

Grenoble, une vieille cité chouette, coincée dans un cirque de montagnes, un patelin dont chaque rue débouche sur un sommet qui ferme l'horizon. Des gens marrants, les habitants du coin, des précurseurs dans la bagarre invisible qui ravageait le pays. Chaque matin fleurissait sur le pavé un corps de milicien ou d'une autre firme kollabo. Avec, forcément, des réactions chez les gens d'en face. Bref, une ville où l'ennui n'existait pas si les emmerdements y abondaient.

J'avais été parachuté dans ce coin pour un projet qui hantait les dirigeants de Londres, aider à unifier différents mouvements en lutte contre les nazes. Auparavant, je devais remettre une mallette à une certaine adresse, dans un bled de la banlieue grenobloise. Consignes, mots de passe, tout était enregistré dans ma tête. Pas question de noter quoi que ce soit. Pour les mecs impliqués dans la récupération des parachutages, j'étais un héros, j'arrivais de Londres. D'un coup, d'un seul, les mystérieux messages de la radio anglaise se matérialisaient. Le style "L'âne a mangé trois carottes" ou "L'oncle Jules salue tata Marie" cessait d'être abstrait et se métamorphosait en un homme jeune auréolé du mystère de la vie souterraine. Y'avait un côté BD, un style Flash Gordon dans cette clandestinité, mais personne ne s'en rendait compte. Par le miracle des faux papiers d'identité, j'étais devenu Sébastien Lassert. En ce temps-là, on muait beaucoup en France et les mutations d'état civil s'effectuaient avec la facilité d'un serpent ou d'un homard lorsqu'ils changent de peau. Un jour tu étais Durand et le lendemain tu devenais Laporte ou Tartempion. Mon guide m'a entraîné à La Tronche. Tu connais ça, La Tronche? C'est un bled à la sortie de Grenoble, au pied de la Chartreuse. Mon poisson-pilote toujours devant moi, j'embarque dans un tram. T'as pas idée des trams urbains qu'on avait dans les années 40, de vieux bahuts rouge sombre, ou encore les trains verts style Far West des VFD*, qui te brinquebalaient tous azimuts dans le Dauphiné. Terminus: *La Croix de Montfleury.* Tu vois, un homme aux cheveux couleur de fil de fer sous un béret crade, suivi à vingt mètres d'un garçon qui traîne une mallette avec tout ce qu'il faut à l'intérieur – un émetteur – pour t'envoyer dans une salle de torture avant d'être épinglé sur un poteau d'exécution. Les radios n'avaient aucune chance de s'en sortir lorsque les connards d'en face mettaient la main dessus. On quitte la route, on emprunte un escalier à flanc de colline. Halte devant une baraque crépie de blanc posée dans un jardinet avec, en face, une vue imprenable sur Belledonne. Toc, toc, toc, qui est là? La France libre! On les aura, les Boches! C'était vrai! Les Belges francophones en étaient certains en affirmant chaque soir sur la BBC: “Et notre voix,

* VFD: Voies ferrées du Dauphiné.

toujours plus proche, vous dit : courage ! On les aura, les Boches !" On les avait déjà, mais pas au bord de l'Isère. Nous étions en zone d'occupation italienne avec ses troufions un peu moins chiants que les Prussiens.

Laurent double un camion-citerne et m'interroge.

– Les Italiens aussi occupaient la France ?

– Oui ! Après le débarquement en Afrique du Nord, les Chleuhs et les Ritals ont liquidé le mythe de la zone libre. La partie italienne du gâteau partait du Léman et dévalait jusqu'à la Méditerranée. La France était réunifiée mais la ligne de démarcation existait toujours. Vichy, c'était ça : les autres venaient de casser l'armistice de 1940, et les maurassiens de l'Allier avaient soudain l'occasion unique de sortir de leur vision putassière de la guerre, de reprendre la bagarre, eh ben, non ! Chacun a le droit d'être une pute, même un gouvernement. Chacun trouve sa nourriture comme il peut, mais personne n'a le droit de se conduire en pute pour en devenir une. L'État français c'était ça, une pute au carré.

Intervention de Laurent.

– Je m'arrête pour refaire le plein.

Halte sur une aire de dégagement.

Je règle avec ma carte de crédit.

Autoroute.

Nous fumons dans un silence qui dure.

Le conducteur écrase son mégot.

– Raconte-moi la suite.

– C'est une femme qui nous a ouvert. Une fille ronde avec une chevelure d'un blond foncé. Des yeux gris-vert, intelligents, dans un visage de pleine lune avec encore des marques d'adolescence ; sa poitrine, ses fesses, le bout de son nez, tout était rond chez elle, y compris la fossette qui ornait son menton. Pas le style mannequin, non, mais une petite boule pleine de cette grâce qu'on appelle le charme. Le courant est passé. Première impression. Un mètre soixante-cinq à tout casser, des hanches fines sur des jambes musclées. Présentations. Pas le genre... *Elle*: Jane. *Lui*: Tarzan, plus simplement: Bastien. Paula. Pas de salamalecs. On ne s'attarde pas dans ce genre de rencontre.

Mon guide précise qu'on l'appelle Paco.

– Tu logeras ici jusqu'à nouvel ordre. C'est ton nouveau domicile. Paula va s'occuper de toi pour la paperasse et se chargera de ton poste émetteur. Elle sait où et à qui le remettre. Pour le reste, tu prendras toutes tes consignes chez moi.

Paula m'a demandé de choisir un prénom comme pseudo. J'ai opté pour Léo. J'étais soudain le jumeau de ma môme assassinée.

Avec mon guide, nous fixons un point de rendez-vous. Le prochain, demain, aura lieu au musée de la ville, dans la salle où sont exposées les toiles de Fantin-Latour.

– Salut! *No pasarán, compañero!*

– Salut! *No pasarán, amigo!*

Il m'a salué de son poing droit fermé, levé à hauteur d'épaule. Je ne suis pas communiste mais j'ai répondu à son salut de la même manière. Nous avions le même ennemi à abattre.

La porte s'est refermée.

Très vite, Paula a complété les informations sur la France que j'avais reçues en Écosse. Elle m'a remis un jeu de cartes d'alimentation, un certificat de travail pour m'éviter des problèmes avec les services du STO, le service du travail obligatoire.

– Sans un certificat de ce genre, vous partez immédiatement bosser en Allemagne. Voilà, Léo, vous êtes maintenant comptable dans une entreprise de transports. Vous avez une petite réserve de nourriture dans le placard de la cuisine. Soyez prudent avec les inconnus et silence complet sur vos activités même si vous rencontrez des proches. La répression n'est pas encore trop dure avec les Italiens mais tout fluctue et change à chaque instant. Vous oubliez que vous m'avez rencontrée, vous oubliez ma tête, mon prénom. Voici les clés de la maison. Au revoir, Léo. *Hasta la vista !* Moi aussi je comprends l'espagnol. Ah… une dernière chose, vous avez un vélo dans la remise. Très pratique pour se déplacer en ce moment.

Je l'ai regardée descendre les marches.

6

Par prudence, mes rendez-vous avec Paco changeaient sans cesse de lieux de rencontre. C'était un dur, l'Espagnol, un vrai. En dehors de sa haine du fascisme, il trimballait, comme moi, un contentieux personnel. Un gentil massacre familial, durant la guerre civile, dont j'ignorais les détails, une tonne de douleurs enchaînées à ses épaules et dont il n'arrivait pas à décrocher. Il avait dépassé le stade du patriotisme, se situait au-delà de l'idéal. Il n'était plus qu'un vengeur. Il m'a dit, un jour : "Je suis un homme sans angoisse, je n'ai plus rien à perdre. Je tue, ça m'évite de devenir fou."

Un langage qui m'allait comme un gant. Dans la tragédie collective des années 40 existaient des drames privés qui, tant que faire se pouvait, accentuaient encore la violence sécrétée par la guerre. *Le tout n'est pas la somme des parties*... Ce n'est qu'au temps du nazisme en Europe que j'ai compris la théorie de la forme... *Il est quelque chose de plus qui ne peut être soustrait des parties*... Quant à moi, l'angoisse je ne la dominais pas. Elle était enkystée dans ma peau, me rappelait sans cesse que j'étais resté impuissant lors de la mort de Léa. Je ne connaissais de Paco que ce qu'il voulait ou pouvait laisser entrevoir. Nous ne percevons nos proches qu'à travers une brume qui les rend imperceptibles. C'est ça la solitude, la vraie.

Vivre avec quelqu'un et ne pas se rendre compte de sa présence.

Nous nous rencontrions une fois par semaine.

Par lui, je suis entré en rapport avec tous ceux qui comptaient dans la bagarre. Les mouvements étaient nombreux, leurs visions divergentes, tous un peu cafouilleux, bavards, imprudents par inexpérience de la vie clandestine, en rivalité permanente pour la répartition des parachutages. Il m'a fallu gommer des susceptibilités, niveler les divergences, partager les tâches, focaliser l'énergie de tous pour un seul but, virer les Allemands. Je leur ai fait valoir que lorsque la maison brûlait, on ne s'occupait pas de la pureté de l'eau nécessaire pour éteindre l'incendie.

Grenoble vibrait, en sourdine, animée par la vie souterraine des hors-la-loi. Pour le gouvernement légal, l'occupant, ses valets-kollabos, nous n'étions que cela, des hors-la-loi. Vouloir vivre durant une guerre sans merci ne pouvait être ressenti que comme une provocation dans un univers qui ne prêchait que la contrition, l'agenouillement devant les Bwanas en vert-de-gris avec l'application de leur loi par le fer et l'utilisation du seul critère d'intelligence en leur possession : la connerie !

Mais la bagarre continuait…

J'ai tué. Au front, je n'avais jamais eu un adversaire à abattre en face à face. On tire, on “rafale”. Des silhouettes s'écroulent, morts anonymes. Là, la bataille changeait d'aspect. L'homme à abattre portait un nom : c'était un tortionnaire, un mouchard, un ennemi de guerre civile. Et c'est avec une lame ou un revolver qu'il fallait solder l'ardoise. Pas question d'une mitrailleuse débitant ses deux mille cartouches à la minute comme les grains d'un chapelet infini.

Le premier que j'ai descendu était un de ces cafards sans opinion politique précise. Il dénonçait pour de l'argent ? Pour se prouver qu'il existait ? Va savoir… Mais il avait coûté très cher en copains livrés et disparus à jamais. Repéré, identifié, il n'était pas question de le laisser continuer son jeu de massacre. C'est au coin du cours Berriat et de la rue Thiers que je l'ai attendu. Je savais qu'il passait là, à la même heure, tous les matins. Il a compris lorsqu'il m'a vu sortir de la porte cochère sous laquelle je m'abritais. Sa main droite a eu un geste idiot, il s'en est servi pour se protéger le visage. Premier feu. Les trois balles que je lui ai collées dans le ventre l'ont balancé sur le trottoir. Il avait plu et les jets de sang se mêlaient à l'eau qui courait sur le sol crasseux. Il s'est traîné à genoux, les mains jointes sur ses tripes. Je n'ai jamais oublié son regard. Jamais. Il y en a eu d'autres. Il fallait ça à des gens comme moi ou Paco, ce geste si simple, appuyer sur une détente, il fallait ça, tuer pour survivre, le seul remède pour effacer l'angoisse lorsqu'elle dépasse les normes admises par les psys et la faculté.

Et la guerre durait…

En juillet, l'outre italienne s'est dégonflée. Mussolini a été renversé. En septembre, les nazes sont entrés dans la ville avec toutes les formes de mort planquées dans leurs bagages. Avec eux, nous avons vite compris que la guerre n'était pas du bel canto, comme durant l'occupation romaine, mais une marche au pas cadencé sur une musique de Wagner et des paroles de Dolfie, avec une mitraillette braquée sur le ventre pour donner la cadence.

Le temps a changé de vitesse, l'action et la répression aussi.

Un matin, Paula a déboulé chez moi.

– Vite, Léo, il faut que vous partiez immédiatement. Pas de questions superflues. Dans certains cas, les paroles sont inutiles.

– Paco a été arrêté. Sa radio a été repérée par la gonio allemande*. Il a parlé. Prenez votre vélo et retrouvons-nous chez moi.

– L'Espagnol ne parlera pas.

– Vous n'en savez rien. Même s'il meurt sous la torture et se tait, nous sommes obligés de faire comme s'il était en train de vous donner, ainsi que ses autres contacts, à la Gestapo.

– Et vous ?

– Il ne connaît que mon pseudo, Paula, il ignore tout de moi.

J'ai mémorisé son adresse.

– Avez-vous, ici, des documents parlants ?

– Non, rien. Comment repartez-vous ?

– Par le tram. Pas question qu'on nous voie ensemble. Filez.

Je me suis retrouvé nouveau-né, sans vêtements de rechange, sans rien. La cavale, la vraie, celle où tu n'as que ta peau pour bagages, l'angoisse comme horizon et la trouille comme point de chute.

Atterrissage chez Paula.

Elle logeait rue Lesdiguières, au cœur de la ville.

Paula habitait, sous les combles, une chambre privilégiée, elle possédait une petite cuisine. Pas de salle d'eau.

---

* *Radiogoniométrie* ou *gonio* : ensemble des procédés permettant de déterminer la direction et la position d'un poste émetteur de radio (in *Le Petit Robert*).

C'était un luxe ignoré de la majorité du pays. Pire, la chambre n'avait qu'un lit. Le soir venu, je me suis couché sur le sol, enveloppé dans une couverture.

Je dormais lorsque j'ai senti une main me secouer. C'était Paula.

– Venez partager mon lit. Mais attention, pas autre chose !

Nous nous sommes retrouvés, dos à dos, sous la même couette.

Depuis la mort de Léa, je ne savais plus ce qu'était le corps féminin avec une seule exception, un soir de mélancolie débordante, un passage au Novelty, le bordel grenoblois caché sur les quais, escapade vite oubliée, l'endroit risquant de devenir un piège sans issue.

Paula ne dormait pas. Moi, non plus. Nous sommes restés longtemps dans un silence total. Elle a pivoté sur le côté, a posé sa tête dans le creux de mon épaule.

– Léo, j'ai peur.

Ce n'était plus une fille lancée dans une bagarre mondiale où nous n'étions, elle et moi, que poussières, mais une enfant qui cherchait un abri, un oisillon paumé qui s'essayait à son premier vol. Mon bras autour de sa tête, j'ai avoué.

– Moi, aussi, j'ai peur.

Il ne s'est rien passé, Laurent, rien. Nous avons mis beaucoup de temps à nous endormir. L'Europe entière souffrait d'insomnies. Dans les culs-de-basse-fosse, dans les chambres de torture, dans les camps de prisonniers, dans ceux de Nuit et Brouillard, dans les lits des enfants sans famille, dans les couches de parents aux gamins assassinés, dans les paillasses des malades mentaux privés de nourriture parce que condamnés à mourir de faim dans leurs asiles – un mot magique asile, le droit d'asile, terre d'asile, lieu de paix, pas en ce temps-là, non, être dans un asile signifiait que tout était fini, pas de bouches inutiles, un fou est fatalement une bouche inutile et tous les opposants à l'idiotie étaient dingues, chaque fasciste sait ça. Et tous, tous, yeux ouverts dans l'obscurité regardaient leur destin, du noir, du noir, encore du noir. Black-out à l'extérieur, *black in* dans les têtes, les cœurs, les ventres, les rêves étaient tous de la même teinte, l'anthracite, la couleur du charbon.

Nous nous sommes réveillés le matin, étonnés de nous retrouver dans le même lit. Paula m'a regardé et m'a dit en souriant :

– Je crois que nous pouvons nous tutoyer, maintenant.

J'ai éclaté de rire. Une chose oubliée depuis mon passage de la ligne de démarcation. Ce truc est comme la panique, communicatif. Nous étions, tous deux, debout, pliés par un fou rire impossible à contrôler. L'angoisse donne parfois des résultats curieux. C'est ça, Paula, pour moi. La fille qui m'a réappris à rire.

Paula appuyée contre moi dégageait une chaleur dont j'avais oublié l'existence. J'ai passé mon bras autour de ses hanches. Vite fait, elle a repris le contrôle de la situation.

– Je vais te faire du café. Retiens ton souffle, c'est du vrai ! Je l'ai payé une fortune au marché noir.

Les problèmes ont déboulé comme les giboulées en mars.

Une vague d'arrestations avait démantelé toute notre organisation. Nous étions coupés de tout. Plus de liaison avec les autres mouvements, plus de radio, plus de contact avec Londres. J'ai adopté l'attitude des communistes dans cette situation : si tu es coupé du Parti, clandestin, tu deviens le Parti à toi tout seul. Je suis donc devenu la Résistance à moi seul. Non, faux, Paula était là. Elle avait une relation possible avec le mouvement de combat des jeunes juifs de Grenoble. Des gamins actifs qui se battaient avec les moyens du bord. Par l'intermédiaire de Paula, j'ai retrouvé Michel.

Lorsque je lui ai raconté la mort de Léa, il est resté un long, un très long moment à me regarder fixement. J'ai eu l'impression d'être une vitre à travers laquelle il cherchait son vieux complice des années "d'avant", lorsqu'un avenir était possible pour les enfants que nous étions encore. Sa tête faisait un mouvement de balancier, allait de droite à gauche, de gauche à droite. Un métronome qui ne rythmait qu'une douleur impossible à mettre en mots. Il a fait un pas en avant, a posé sa main droite sur mon front, comme s'il me bénissait. Toujours silencieux, nous sommes restés un long moment unis par quelque chose que nous n'avions jamais imaginé ni ressenti ainsi. Nous avons communié avec notre douleur. Plus jamais il n'a prononcé le prénom de mon amante, une façon de nier sa mort. Lui, juif, moi catho, nous avons par ce geste perpétué le sacrifice de deux innocents. Nous étions habités par un deuil que personne d'autre ne pouvait partager avec nous.

Mon complice d'autrefois était un des cadres d'un groupe très engagé dans la bagarre.

– Qu'est-ce qu'il faisait à Grenoble ?

– A l'armistice, son unité s'était retrouvée du côté de Lyon. Démobilisé, il a fait comme tant d'autres paumés et s'est laissé porter par les événements. Lorsque la peste s'est abattue sur les juifs, le Dauphiné est devenu une terre de repli pour eux. Les occupants italiens n'appliquaient pas les lois raciales.

Michel ignorait l'attentisme. Il disait que la vie était "un spectacle de marionnettes, un conflit, un débat entre le *dire* et le *faire*". C'était tout Michel, ça, le sens du réel. "Ce clivage, Bastien, m'a-t-il dit, est là, devant nous, dans cette guerre inédite. Elle ne se joue pas entre nations impérialistes comme le croient certains idiots mais se situe au-delà de la cassure sociale ; il ne s'agit pas d'un combat de classes mais d'une lutte impitoyable entre la vie et la tête de mort. C'est un débat sanglant, ô combien, entre deux civilisations. Personne n'en sortira intact. Je suis communiste, sans faucille et sans marteau, sans conviction, je ne crois pas au bonheur imposé par la force, on n'obtient des hommes que ce qu'ils sont décidés à donner, au-delà, ils feront semblant, mais aujourd'hui, il faut fermer sa gueule et se servir de son cerveau et de ses poings. Et ce combat immédiat, seul le Parti le comprend et le pratique. Il se bat."

Par Michel, j'ai repris ma place. Le plastic, je connaissais, un détonateur n'avait pas de secret pour moi. Je voulais tuer de nouveau. J'ai tué. Sans plaisir, avec haine ; chacun de mes coups de feu, chacune des encoches au couteau dans la gorge de l'adversaire, chaque giclée de sang, chaque type abattu devenait un corps allongé dans un fossé, celui d'une femme. J'ai suivi Michel, aveuglément.

Paula, devenue agent de liaison avec les groupes savoyards, n'habitait plus avec moi. Annecy était son camp de base. Un travail dangereux. Les trains contrôlés, les cars surveillés, elle ne se déplaçait qu'en vélo. Là aussi, une histoire se terminait.

Une nuit, j'ai entendu un frottement contre la porte. Pas question de me faire prendre. Mon pistolet glissé dans mon dos, la main droite toute proche, j'ai ouvert.

Paula était là, avec sa chaleur.

Sans un mot, dans l'obscurité du couloir, elle m'a saisi par la nuque. Il existe des baisers que l'on n'oublie jamais. C'est elle qui menait le jeu, le combat plutôt. Nos lèvres se cherchaient, glissaient sur une joue, descendaient vers le cou, remontaient. Un long baiser, une glissade sans fin, un de ces échanges dans lequel tout se mêle, la peur, la sensualité, le désir, l'envie folle de ne plus être seuls. Tout s'enchevêtrait. Nous n'étions plus qu'un garçon et une fille métamorphosés en deux bouches gourmandes, deux goulus avides, deux goinfres qui se mordaient, se léchaient, se caressaient, se dégustaient sans retenue. Nous nous sommes retrouvés nus sur le sol. Je n'ai pas la moindre souvenance d'un geste, d'un mot. Ma tête se souvient seulement de soupirs, de plaintes, d'une flamme courant le long de nos peaux, un feu de brousse, chaque grain de l'épiderme s'enflammait à son tour, grandissait; devenu brasier il a tout emporté. Il arrive que le silence devienne bruit, un vacarme si énorme que plus aucun autre son n'est perceptible. Imagine un monde dans lequel tu n'entendrais rien d'autre, rien, que le bruit d'un cœur qui cogne dans la poitrine. Le corps de Paula, le mien n'étaient affamés que d'une chose: vivre. Un verbe qui, pour nous, n'avait plus d'imparfait. Cette nuit-là, nous avons vécu.

Au petit matin, après l'ersatz de café, elle est repartie. Pas une parole n'a été prononcée. Pas un baiser, pas un mot tendre. Nous n'étions que des amants de passage, les enfants du néant et du vide. Un simple geste de la main en guise de salut. La porte s'est refermée.

Action.

Grenoble tout entière était une arme braquée sur l'occupant.

Réaction.

La Saint-Barthélemy grenobloise…

Elle a explosé, en novembre, comme une bombe monstrueuse. Un massacre de résistants, exécutés, torturés, déportés. Tous ceux qui pensaient brun, tous ceux qui portaient une arme pour le compte de la Gestapo ont pris part au désastre ; la Milice, les hommes de Doriot, les gestapistes français venus spécialement de Lyon ont eu leur jour de gloire : tuer un résistant ! Une répression d'une violence inouïe a décapité la Résistance du Dauphiné. La ville entière vivait repliée sur elle-même dans la tension permanente, invisible et présente, dont l'accouchement s'était produit le 11 novembre 1943.

Avec les garçons qui avaient osé célébrer l'armistice victorieux de 1918, Michel a été piégé et s'est retrouvé dans un wagon à bestiaux, comme tous les raflés face au monument aux morts dédié aux Diables bleus, devant le parc Paul Mistral.

Leur déportation avait eu pour corollaire l'explosion de la réserve des munitions allemandes. Grenoble, cette nuit-là, ressemblait à une ville bombardée. Représailles des nazes. Le 2 décembre, le dynamitage partiel de la caserne de Bonne fut la réponse des clandestins. Contrepoint : la rafle de la place Vaucanson et les exécutions d'otages.

Pour moi, nouveau départ. Destination ? Lyon.

Et là, bêtement, je me suis fais avoir, dans la rue.

Contrôle. Je n'avais pas d'arme sur moi. *Papieren bitte ?* Tout baignait. En plus de l'âge de pierre, nous vivions l'âge du papier, carte d'identité, certificat de travail, carte d'alimentation, autorisation de vivre jusqu'au prochain barrage. Lorsque le droit de vivre appartient aux bureaucrates, y'a du souci à se faire, Laurent. *Papieren ! Gut !* Très bon ! *Gut* papiers ! Les doryphores* m'ont palpé. Pas de panzers sous ma chemise. Est arrivée la minute de vérité, l'épreuve ultime, la vérification des queues. Les hommes raflés ont baissé leurs falzars, "exhibé leurs pourritures" comme disaient les miliciens. Inspection des bites ! Une des créations inédites de l'occupant et de ses sbires. L'arme secrète du Troisième Reich pour dépister certains de ses ennemis : le détecteur de zézettes. Recherche spéciale de celles passées au taille-crayon. La longueur, le volume du membre étaient secondaires, on ne jouait pas dans un film porno. La crasse était dans les têtes, pas sur les écrans. Y'avait de tout à cette époque, même des spécialistes du braquemart. Dans le domaine "ethno-racial", le célèbre Montandon, expert-chef en pénis, grossiste en bistouquettes en tous genres, docteur honoris causa des universités aryennes pour sa thèse sur "Les Quéquettes d'acier de l'Europe nouvelle, armes absolues de la Victoire", diplômé de l'État français, était capable de reconnaître et de déterminer, d'après une circoncision,

---

* Parasite de la pomme de terre. *Doryphore* était un des surnoms donnés aux Allemands dans les années 40, en raison du pillage systématique de nos ressources agricoles.

l'origine de l'amputé du prépuce et même de savoir si le boucher avait été chiite, sunnite, juif ou chirurgien athée*. Plus question de guerres de religion. L'union sacrée autour du prépuce! Tu me diras que si on les supprimait, les religions, on continuerait quand même à s'étriper. Un créneau qui marche durant des millénaires doit correspondre à un besoin ou alors les mecs qui peuplent notre bonne vieille planète sont tous tarés. Là, dans les années 40, on avait enfin la solution! Eurêka! L'œcuménisme par le dard, tous les religieux enfin sur la même ligne, plus de querelles sur les Bienheureux, sur la virginité, sur l'authenticité des testaments et leur ancienneté, plus de querelles alimentaires mais des vits germanisés, standardisés comme des canons de tank, plus de jaloux, la mienne est la plus belle. Plus de complexés, une queue pour chacun et chacun pour une queue, le tout aux accents du célèbre: "Führer, ordonne! Nous obéissons!", le bonheur quoi! *Danke schön! Mein* Adolf! Saint Prépuce... priez pour nous!

L'oral fini, on passe au concret. Examen. Vision, palpation, dégustation! Non, mec, ça c'est du fantasme. On ne dégustait qu'après, à la Gestapo. Hosanna! J'étais bite plus cinq! Je n'étais pas circoncis, j'allais m'en tirer. Non! Ma verge, pourtant conforme aux normes internationales de la Gestapo, malgré son label "Qualité Troisième Reich", ne suffisait pas à prouver que j'étais un surhomme. Je me suis retrouvé à Saint-Paul.

---

* Voir *Le Pitre ne rit pas* de David Rousset, Éditions du Pavois, 1948. Extrait d'un examen ethno-racial, p. 79: "Circoncision [...] fourreau muqueux très court, mais frein intact. Présente donc plutôt le caractère de l'opération musulmane que rituelle juive..."

– C'était quoi, Saint-Paul ?

– Une des geôles lyonnaises. Un coin pas sympa, mais pas du tout. Une prison vieillotte, bourrée à craquer de tous les fantasmes des nazes et des vichyssois. Tout ce qui était résistant, mal pensant, mal nez, mal embouché, malchanceux, truand, passant au mauvais endroit au mauvais moment, tous ceux-là et ceux que j'oublie avaient toutes les espérances pour se retrouver en cabane. J'avais l'expérience de Pampelune, je me suis adapté.

– Tu as été déporté ?

– Non, j'ai eu de la chance, seulement bombardé. Fin mai, Lyon a vu arriver les forteresses volantes. Un truc gratiné. Je te jure que ce jour-là je les ai maudits, les zincs sauveurs. Les avions visaient les gares de triage mais les bombes ont parfois des fantaisies. Saint-Paul, comme d'autres taules*, était aux premières loges. Bombardement de jour. J'ai tremblé à Dunkerque. Mais là, bouclé dans une cellule minuscule, sentir la prison vibrer, ne rien pouvoir faire pour arrêter ta carcasse qui refuse de t'obéir et qui grelotte au même rythme que les pierres, entendre tes compagnons de cage hurler de terreur te rend fou. La panique s'est propagée de cellule en cellule, a gagné toutes les ailes de cet énorme cul-de-basse-fosse. La révolte a explosé, spontanée, engendrée par l'instinct de survie, avec rien à lui opposer, la garde tremblait autant que la chiourme. A coups de pied, de poing, de trouille, de désespoir, les cadenassés ont défoncé les portes de leurs cages et se sont répandus dans les couloirs. Un flot plus puissant qu'une inondation. Des noirs, des blancs, des

* L'École de Santé, siège de la Gestapo, a été entièrement détruite. Les Allemands sont morts. Les détenus politiques aussi.

truands et des politiques, des juifs, des chrétiens, des musulmans et des athées, des mecs unifiés par une pétoche phénoménale, toute l'humanité bouclée déferlait dans les allées de la vieille prison. Je ne sais pas ce qui m'est arrivé. Je me suis retrouvé, isolé, dans une cour; dans la pagaille géante une porte était restée ouverte. Je suis parti, seul, dans une ville qui volait en éclats. Je n'avais qu'une hâte, sortir de ce ciel qui tombait en poussière, de ces pierres qui volaient, de ces bruits qui me transperçaient. Je voulais m'en aller. Je suis parti.

A la Libération, je me suis engagé et suis retourné au stand de tirs sur cibles vivantes. J'ai fait l'Alsace, j'ai fait pitié, j'ai vu l'Allemagne par terre, j'ai vu les hommes en ruine. Eux aussi étaient pitoyables mais nous n'avions pas le temps de nous attendrir sur leur sort. Tout a une fin, même les bonnes choses. On m'a décoré. J'avais un galon en or sur la manche de ma vareuse et du fer-blanc sur la poitrine. Les copains, eux, avaient des croix. Ça faisait une moyenne honorable. La guerre s'est achevée et je suis revenu à Paris. Qu'est-ce qui t'arrive, Laurent?

– Une crevaison. J'ai un pneu à plat.

7

Sur la bande d'arrêt de l'autoroute, Laurent a sorti le cric.

La roue changée, de nouveau la piste de béton défile devant nous.

Aire de repos. Mon conducteur explique la situation au gars qui tient une station-service. Tout est ok. Dans une heure, le pneu réparé, nous pourrons repartir. En attendant, casse-croûte.

Le lieu est désert. Novembre n'est pas un mois touristique. Nous avalons en silence une bouffe indigeste. C'est Laurent qui a relancé ma machine à remonter le temps.

– Tu es revenu à Paris ?

– C'était mon port d'attache. Faut l'avoir vu à cette époque. La capitale intacte d'un pays détruit, voilà ce qu'elle était, notre bonne ville. Encore dans le black-out, la ville lumière, par manque d'électricité. Un endroit sans clarté, comme les têtes de tous les Français. Les hommes, les femmes, survivants de la tempête, commençaient à rentrer. Ils étaient attendus. Imagine les familles des passagers du *Titanic* espérant, sur un quai, les rescapés après le naufrage du bateau sans connaître les patronymes des survivants. C'était le temps des listes. Des colonnes de noms, gaulois, métèques, de longues listes de gens disparus côtoyaient de courts alignements de blazes de rescapés épinglés sur un mur.

"Vous n'avez pas connu Untel?" était la question du jour. Les petits malins, eux, cherchaient des alibis. Tu sais, toi, comment ça se dit, "alibi", dans la langue de Goethe? Eh bien, c'est le même mot qu'en français, mais avec une majuscule, "Alibi", c'est pas beau ça? C'était nos tocards qui auraient dû avoir droit à la majuscule. Pour certaines femmes, les choses ont été faciles, une fois lavées, elles pouvaient remettre ça en changeant d'uniforme. Après les *feldgrau*, vive les kakis. Tout ça était kif-kif, *hombre*, seul l'uniforme changeait sans oublier l'unité de paiement, francs, marks, dollars, sterling. Des putes. Mais ce ne sont pas celles-là qu'on a tondues. Faut pas confondre bizness et sentiment. Certaines y ont laissé leurs cheveux parce qu'elles avaient dit "oui". Un truc dégueu, je l'admets, exécuté par des mecs sans couilles, les éternels héros d'après la bataille. Faut pas oublier aussi que, de l'autre côté, on les tondait toutes dans les camps, mais pas pour les mêmes raisons, toutes y avaient droit, toutes, les bolchos, les youpines, les sans-dieu et les croyantes, toutes perdaient leurs scalps parce qu'elles avaient osé dire "non". Trois petites lettres, consonne, voyelle, consonne, n... o... n...! Pas un jeu télévisé en ce temps-là, mais une loterie qui te menait à la mort. On a tout vu à cette époque, tout, on a tout entendu, tout. Céline jurer qu'il n'avait dénoncé personne, Brasillach affirmer que c'était un honneur d'être condamné à mort après 1945, Jouhandeau chercher un amant français ou allié pour remplacer l'Allemand qui, pendant quatre ans, l'avait baisé à couilles rabattues, l'amour, vous comprenez, monsieur le Président, l'amour! Et les belles lettres! On s'aimait! Mon cœur a une patrie; mes fesses? Non, hélas! La France n'était plus qu'un bouillon d'incultures d'où jaillissaient les tonnes de haine et de mépris accumulées durant le coma du pays. Les imprimeurs sortaient des presses les premiers récits des rescapés, pas encore les plaidoyers; on blanchissait les moins sales des kollabos, l'éditeur de Céline était acquitté puisqu'il "n'avait rien publié de répréhensible durant l'Occupation", on expliquait que si... que ça... que chacun peut se tromper... qu'après tout on n'avait jamais tant lu que pendant la période chleusienne, que Sartre n'avait publié *Les Mouches*, en 1943, que par goût de la liberté. La preuve? Sa résistance en mai 1968, un précurseur en vérité, que le cinéma... et que merde! Il fallait bien manger, non? Et que... non, monsieur, je ne pensais pas, le Maréchal était là pour ça! Si, en plus des rafles, des bombes et des restrictions, il avait fallu penser, où aurions-nous abouti?

Chacun attendait. Familles disloquées, mômes seuls qui émergeaient de leurs planques, c'était le temps des revenants et chaque type, chaque bonne femme qui resurgissait soudain avait quelque chose de spectral dans la tête, dans les tripes, dans l'allure. C'était l'époque des enterrements. Les charniers sortaient de leur anonymat. Personne ne savait qu'il y aurait, en plus, des morts innombrables sans sépulture. On peut prier devant un cercueil, pas devant un nuage. C'était ça, l'atmosphère de 1945 et de ses etc., etc., etc. Moi aussi, je faisais partie de la bande. Je cherchais Paula, j'attendais Michel.

Faut pardonner, disaient certains. Même Dieu accorde le pardon, c'est dire... Je n'étais sans doute pas d'essence divine en ce temps-là.

Il est réapparu un jour, mon vieux copain. Il était listé, lui aussi, dans un lit d'hôpital.

L'avenir n'est à personne, personne ne connaît le sien. Michel, lui, avait son futur écrit sur sa gueule. A vingt-cinq ans, il savait tout ce qu'un humain met des siècles à comprendre. Privilégié qu'il était, l'ami, privilégié, il possédait le trésor des vieux qui ont un passé sur les jeunes sans avenir, lui avait des souvenirs !

Tous les jours, je lui rendais visite. Je venais d'être démobilisé et n'avais pas encore cherché un travail. Je sortais d'un merdier invraisemblable et ne m'imaginais pas allant au boulot chaque matin après avoir, durant trois ans, glissé ma vie, à chaque aube, dans une horloge pointeuse légèrement différente de celle d'une usine ou d'un bureau. Ma pendule n'indiquait que mon horaire de vie pour la journée, pas celui passé à bosser ni celui du lendemain. Le futur avait disparu, *j'aurai, je serai, j'aimerai* relevaient d'un autre monde et d'une grammaire que je ne connaissais plus.

J'avais du temps, j'errais à la recherche de mon unité physique et mentale égarée dans la tourmente. Aucun amour ne me retenait. Je n'utilisais que des femmes "à l'heure", des putes. Vite fait, rien de fait. Tu payes, hop, tu tires ton coup, tu t'en vas, le corps tranquille et le cœur vide. Tous les jours, je descendais du bus et m'avançait à pas lents vers le bâtiment de briques de l'hosto. La vie était là, parmi les survivants des camps. En les écoutant, je découvrais qu'il existait des choses que l'on ne peut enseigner et d'autres que l'on ne peut ni apprendre ni comprendre.

Il était tubard, Michel. Ses éponges partaient en caillots de sang à chaque quinte de toux. Platch. Une petite tache rouge sur un mouchoir.

J'avais un tondu devant moi. Les racines de ses cheveux formaient un tapis rêche sur le sommet de son crâne. Son visage, dont l'ossature pointait à travers la peau, avait des reflets de grès jaunâtre striés de lignes plus sombres. Ses yeux marron paraissaient trop petits pour leurs orbites géantes cernées de mauve. Mais ils vivaient... Je n'ai jamais oublié son sourire lorsqu'il m'a revu pour la première fois depuis son retour de Dachau. Quelque chose d'ineffable, une immense joie muette qu'il ne pouvait exprimer par autre chose que l'étirement de sa peau de jeune vieillard, par ces lèvres muettes qui disaient : "Salut, gars ! Tu vois, on s'en est sortis !"

Au début, nous ne nous parlions pas. Je restais assis près du lit, arrangeais sa couverture, l'aidais à boire lorsqu'il me désignait la bouteille d'eau posée sur la table de nuit.

Je lui amenais du chocolat Hersheys* récupéré chez les Amerloques. Il en dégustait un carré avec un ravissement d'enfant. Un filet de salive brune coulait sur son menton. Je l'essuyais avec mon mouchoir. Visiblement, il s'en foutait. Chaque jour, je lui portais un journal. Il n'avait pas la force de le lire et je lui racontais ce qui se passait sur la planète. Une vraie nounou, que j'étais devenu. Je comblais, sans doute, mes propres manques, pas de femme, pas d'amis lointains, j'ignorais ma famille, mon milieu, ses lubies, sa vision du monde et ses larmes de crocodiles. Des larmes, je n'en avais vu que trop, des flots, des spasmes, des douleurs et des angoisses qui coulaient sur des joues pour la plupart blêmes. Curieux... A la guerre, on ne pleure pas, au combat, on ne sanglote

---

* Marque américaine. Le chocolat des G.I's.

pas. Les tripes se nouent, les poings se serrent lorsque tombe un copain mais la souffrance ne se vide pas par les yeux.

Peu à peu, Michel retrouvait une plus grande lucidité, nous avons échangé quelques mots et, jour après jour, nous avons renoué des phrases marquées de longs blancs, des silences qui nous permettaient de nous retrouver.

Il m'a demandé de rechercher sa famille. Je l'avais déjà fait et n'ai pas osé lui dire que… eux aussi… Un jour, pourtant… Michel a ouvert des yeux immenses, les a refermés et n'a pas prononcé un mot. Seules ses lèvres bougeaient. J'aurais juré qu'il priait.

Nos relations se sont renouées avec une pudeur qui m'étonnait. Je crois que mes mots du quotidien n'avaient plus tout à fait le même sens pour lui. Face à Michel, je ressemblais à un analphabète devant un homme qui, lui, avait tout vu, tout vécu.

– Alors, Bastien, tu milites toujours ?

– Oui, il faut faire quelque chose pour éviter, un jour, une réédition de ce que nous venons de vivre.

Il m'a dévisagé longuement. Ses yeux ne voyaient pas, ne voyaient plus le même univers que moi.

– Tu milites ! C'est bien. J'ai vécu. C'est pire. A chacun ses erreurs. Le nazisme n'est pas une bavure de l'Histoire, Bastien, il est dans sa continuité et contient la saga de l'humanité entière, toute son histoire. Un jour, les hommes, les militants comme les autres, trouveront un autre bourreau, une autre victime, un autre prétexte et recommenceront. Les chiens sont des chiens et ne peuvent être autre chose, les hommes seront toujours des hommes et ne pourront pas se conduire comme des chiens, ce serait trop beau ! Aucune bête n'a jamais imaginé un camp de regroupement, un camp de concentration, un camp d'extermination, jamais ! Les hommes, oui ! Forcément ! Ils sont intelligents et ne sont pas des bêtes. Point. Ce ne sont que des fauves qui ont inventé le bien pour cacher leur bassesse. L'alibi du bonheur pour tous à travers la race, l'espace vital, l'égalité légale, a débouché sur "ça".

Son index tourné vers sa poitrine me montrait que le "ça" n'était pas autre chose que cette carcasse brisée.

– Et ça reviendra si vous n'y prenez pas garde, notre vécu passé deviendra l'essentiel de vos fantasmes futurs, votre futur.

Et c'est avec stupeur que j'ai découvert qu'il était devenu croyant le jour où il m'a demandé de lui trouver une bible.

– Je n'ai pas d'autre solution, Bastien, après ce que j'ai vu, c'est Dieu ou le suicide.

– Et le Parti ?

– Tu sais bien que je ne crois pas à l'utopie.

– Et Dieu ?

– Ce n'est qu'un leurre, pas une utopie. Un faux-semblant, d'accord, mais s'il ne reste que cette illusion pour continuer à vivre, alors acceptons le "paraître" et croyons.

– Croire après Dachau, Auschwitz, Mauthausen et Treblinka est une forme de masochisme, non ?

Il a secoué la tête.

– Pas pour moi. J'ai pris trop de coups dans la gueule pour jouer à aimer ça. Je suis obligé, je dis bien obligé, de revenir à la foi de mes parents. Y renoncer après ce qui s'est passé serait une ignominie, une immense lâcheté, une conversion muette. Un converti n'est pas un renégat,

Bastien, c'est un parricide. Et je ne peux pas achever ce que les nazis ont commencé.

Le médecin n'était pas optimiste.

– On va l'envoyer dans un centre de soins, en montagne ; ici, nous sommes désarmés. Le médicament miracle, la pénicilline, n'agit pas sur le bacille de Koch. L'air des Alpes lui fera du bien.

Destination ? Un sana à Briançon.

Deux fois par mois, j'allais le voir. Il remontait lentement la pente, reprenait du poids. Les rafales de toux, qui lui lacéraient les bronches, s'espaçaient et le sang craché se faisait plus rare.

A la fin de l'été, il était suffisamment solide pour faire une balade dans la vallée de la Clarée. C'est dans la voiture du toubib que nous y sommes allés.

La Clarée… Ce n'est pas en Orient que se trouvait le jardin d'Éden, mais là, dans ce coin du Briançonnais. Les arbres, les plantes s'épanouissaient dans une mine à ciel ouvert de trésors végétaux avec une gamme d'émeraudes, de topazes, de rubis foncés. Un torrent se baguenaudait en jouant à chat perché sur des escaliers de granit, éclaboussant le promeneur de mousse liquide dans un décor forestier de mélèzes bronze et vert. L'automne était là et les colchiques vénéneux à têtes roses confirmaient, sans aucun doute, que le froid ne tarderait pas. Barrant l'horizon, les sommets exhibaient leurs premières neiges.

Michel nous faisait face, assis dans l'herbe, près d'un chalet court sur pattes, avec un toit pentu d'un gris sale. Le médecin et moi l'écoutions raconter la disparition d'un de ses compagnons de chaîne.

– C'était pendant l'hiver 1944, dans un kommando dépendant de Dachau. Un copain est mort. Il avait été puni. Puni parce qu'il avait froid. Être puni au Lager signifiait, pour l'intéressé, que la partie s'achevait. Terminus, tout le monde descend. Lui, le SS l'a descendu d'une façon particulière. Nous étions à l'appel. Le garçon, sans doute fiévreux, tremblait de froid. Ils se sont regardés un dixième de seconde, l'homme à la tête de mort et le détenu en pyjama bleu.

"Pourquoi tu trembles ?"

"J'ai froid, Herr Oberscharführer."

"Ah, tu as froid ? Mais il fallait le dire plutôt. On va arranger ça."

Ordres. Hurlements. Un kapo et deux hommes se sont détachés du groupe et ont foncé à la cuisine. Très vite, ils sont revenus avec un seau d'eau dont la vapeur, en expansion sur la surface, indiquait qu'elle était brûlante.

Nouveaux cris.

Le détenu a été happé par deux des aides du bourreau. Déshabillé, il a dévoilé sa carcasse de squelette aux autres épaves humaines. Attaché au gibet qui servait pour les pendaisons, muet, il regardait les autres préparer son agonie. Je me suis demandé ce que pensaient les Romains lorsqu'ils préparaient la crucifixion de leurs condamnés à mort. Quant au regard des suppliciés, je n'avais pas à l'imaginer. Il me suffisait de contempler celui de mon compagnon de chaîne.

Ordre. L'eau chaude du cylindre de métal, projetée d'un jet sur le condamné, fumait. Cri.

La peau grisâtre, ruisselant d'une eau qui s'évaporait très vite, les côtes saillantes soulignées de gouttelettes brillantes, la tête penchée vers l'épaule gauche, le torturé ressemblait à certaines images sulpiciennes montrant la mort du Christ.

Le SS regardait.

“Alors… Tu as toujours froid ?”

C’était un garçon de mon convoi, le Jésus du jour. Il est mort très vite. Comme ses frères en Dieu. Quelqu’un m’a dit que la température était de moins quinze ce soir-là.

J’ai vite réalisé que Michel ne nous voyait plus. Il regardait la neige qui fermait l’horizon. Il s’est tourné vers moi.

– Souviens-toi de ça, Bastien, les hommes ne naissent pas libres et égaux en droit mais libres et égaux dans leur détresse ; quand la raison disparaît, l’irrationnel du divin peut devenir la seule réponse logique à l’impossibilité d’accepter l’inacceptable. La foi, et non la religion, devient une bouée, pas une balise mais un point d’ancrage qui permet de surnager.

Un frisson l’a secoué tout entier, une quinte de toux l’a plié en deux.

– Je voudrais rentrer, docteur.

A ma visite suivante, il m’a longuement parlé de Paula. Lui aussi aurait aimé la retrouver, la revoir. Je ne savais pas ce qu’elle était devenue. C’était l’époque de la longue chasse aux traces des disparus. Les archives des prisons n’étaient pas toutes dépouillées, certains camarades pourrissaient dans des charniers anonymes, les déportés n’étaient pas tous rentrés mais le nombre de revenants diminuait chaque jour.

J’ai consacré des jours à chercher Paula, interrogeant les compagnons de lutte, contactant les premières amicales qui se créaient, fouinant auprès du ministère des Anciens

Combattants. Aucun indice ne permettait d'espérer. Mais le contraire était aussi vrai. Tant que tout ne serait pas dépouillé, classé, on ne pouvait se prononcer sur le sort d'un des innombrables disparus de 1945.

L'hiver est arrivé.

J'ai refait le long voyage pour Briançon. Il gelait. De la gare, un taxi m'a monté à Chantemerle où se trouvait le sana.

La fille de l'accueil avait une drôle de tête. Elle me connaissait bien et au lieu du chaleureux “Bonjour, monsieur Lesquettes”, je n'ai eu droit qu'à un vague salut, une simple inclinaison de la tête.

C'est en voyant celle du toubib que j'ai compris. Mes yeux questionnaient. Ceux du médecin me répondaient. Il m'a fait entrer dans son bureau et m'a raconté ce qui s'était passé.

– On l'a retrouvé hier, allongé sur son lit. Le drap avait été arrosé d'eau. Michel était couché, nu. Par la fenêtre, grande ouverte, l'air glacé déboulait dans la chambre. Le thermomètre était bas, cette nuit-là. Il est mort de froid. C'est un suicide, sans aucun doute. Il nous l'avait annoncé lors de notre promenade dans la Clarée, mais qui pouvait comprendre le message ? Il venait d'ailleurs, votre ami, et y est retourné. C'est vous qui vous occuperez des obsèques ?

– Oui. C'était un frère pour moi, un vrai, nous nous étions choisis.

– J'ai une lettre pour vous. Elle était dans le tiroir de sa table de nuit. L'enveloppe porte votre nom.

J'ai pris le pli et l'ai glissé dans ma poche sans l'ouvrir. Ce sera pour plus tard. Les formalités réglées, j'ai remercié le toubib et suis reparti. Le corps, ramené à Paris, a été enseveli dans un caveau que j'ai acheté pour la circonstance.

A ma demande, un rabbin a récité le Kaddish, la prière des morts.

Rentré chez moi, affalé dans un fauteuil, lumières éteintes, seul, je me suis offert enfin le droit de pleurer mon ami. Des pleurs sans larmes, des sanglots secs. Il savait quelque chose que nul humain ne pouvait imaginer et moi, avec mes pauvres souvenirs de guerre, mes bombes, mes histoires de tripes au soleil, mes terreurs et mes paniques, je n'étais qu'un petit, un tout petit garçon face à un homme, un vrai.

La lettre de Michel, posée sur la table. J'ai lentement déchiré l'enveloppe et déplié le papier qu'elle contenait. Pour moi, c'était un testament mais un testament unique. La feuille était blanche, vierge de tout signe, de toute phrase. Ce n'était que l'incroyable message venu de l'autre monde, un avertissement clair. Par l'absence de mots, Michel m'informait de son incapacité à me faire partager sa douleur. Je ne pouvais que constater le vide dans lequel il avait vécu mais restait dans l'impossibilité d'y pénétrer avec lui. Par les flots d'infos qui jaillissaient de chaque rapatrié, par les journalistes, par les bandes d'actualité dans les cinémas, il nous était enfin permis de voir et de savoir ce qui s'était passé à "Pitchipoï", mais pas de le ressentir. Aucun être normal n'avait accès à ce monde où tout ce qui définit l'humain, je dis bien tout, s'était brusquement inversé.

Et le temps a démarré son travail de sape…

Ceux que la défaite des armes avait enfermés derrière des barbelés, les voyageurs des wagons plombés condamnés par leur naissance ou leur refus d'obéissance à l'ordre allemand, les utopistes en quête d'une société nouvelle, rentraient lentement. Un flot d'ombres revenait d'ailleurs et repassait de notre côté du miroir. Et les frères d'hier ont commencé à se diviser. La Résistance s'est morcelée, l'épopée est redevenue une banale lutte de classes. On a eu les patriotes de droite et ceux de gauche, les héros de l'AS et ceux des FTP. Je peux pourtant te jurer qu'il n'y avait pas d'apartheid à l'entrée des chambres à gaz, ni sur les poteaux d'exécution ; les balles des fusils n'opéraient aucune distinction selon l'homme à abattre. Il fallait le flinguer, c'est tout, comme tout bonhomme qui refusait la connerie comme forme ultime de la pensée mondiale. C'était fini. On allait reconstruire. Les politiques avaient trouvé un beau slogan qui s'étalait sur les murs de Paris : *Ça va déjà mieux ! Retroussons nos manches, ça ira mieux encore !*

On a mis quinze ans, guère plus, à tout faire tenir debout de nouveau, mais jamais on n'a pu remettre les hommes d'aplomb. Aucun survivant de cette époque n'est retourné à la banalité. Une génération hors norme, voilà, Laurent, ce que nous avons été.

J'ai tout largué, moi aussi. Les amicales, les réunions d'anciens combattants, j'ai tout oublié, sauf l'essentiel. En réalité, j'ai fait semblant d'oublier. Le deuil ne se partage pas et n'a rien à voir avec les commémorations. Je hais les commémorations ; l'émotion est là, c'est vrai, mais différente pour chacun. Chaque participant se souvient de l'événement évoqué mais aucun ne pleure la même chose. Léa vivait en moi et son souvenir se cicatrisait. Une longue balafre au cœur commençait à effacer la douleur et formait une trace qui resterait indélébile. Une cicatrice ne saigne plus, un stigmate ne pleure pas. Là, sur ta peau, en toi, la trace marque ton ancienne souffrance.

A commencé, pour moi, une carrière d'ingénieur dans l'automobile. Je suis de ceux qui ont transformé les rêveurs de la voiture en autocinglés. Pas mauvais dans mon boulot, je progressais dans la hiérarchie de l'usine. C'est chouette d'améliorer un moteur, une suspension, mais à la longue ça fatigue. La routine est arrivée, les jours gris du quotidien professionnel, sans cesse recommencés, m'ont enveloppé. La Sécurité sociale venait d'être créée, j'y ai adhéré. J'ai commencé à m'ennuyer. Pour en sortir, je me suis aussi immatriculé à la sécurité sexuelle, je me suis marié. Rien de ce que j'avais vécu n'était effacé et souvent me revenait en mémoire l'écran blanc du testament de Michel. J'ai fini par y découvrir une information invisible pour les autres mais qui résonnait en moi : il n'y aura qu'une vérité et qu'une vie qui vaudront d'être connues, celles que je créerai et écrirai moi-même.

– Elle était comment, ta femme ?

– Aux Arts Ménagers ! En ce temps-là, avec la paix, est arrivée l'ère du frigo à la cuisine, de la douche et de son pare-douche, de la machine à laver. Y'avait un Salon annuel pour ça, une expo qui faisait courir toutes les mémés de France et de Navarre. C'était à celle qui aurait le premier engin pour t'éviter les corvées ménagères, le moulin à café électrique, la lessiveuse à truc-machin. Halte à la corvée de vaisselle, on allait enfin prendre le temps de libérer le sexe des filles. Le féminisme est né là, devant ces bahuts blancs ! Tenir une maison a toujours empêché les femmes de bander. Ma moitié, c'était ça, une ménagère-décoratrice-pour-faire-notre-petit-nid-encore-plus-beau !

Les gadgets ont été inventés pour elle. Au lit ? Couçi-couça ! L'étreinte programmée, les odeurs partagées, des lardons en gestation, c'était ça la vision du couple chez mon épouse de l'époque. C'était un péché pour Catherine – oui, elle s'appelait Catherine – que de prendre son pied. Elle avait le cul honteux. Une sorte de culpabilité qui l'obligeait à aller à confesse deux fois par semaine. Je me suis toujours demandé ce qu'elle payait. La contrition était son élément, une demande permanente de pardon. Pour moi, c'était l'amour peinard. Caresses, baisers, ploutch, flatch ! On remettait ça ! Flatch, ploutch ! Je faisais l'amour comme on prend le métro, carte orange pour le sexe, mais sur une ligne directe, aller et retour, parcours et trajet identiques les jours ouvrables, après Ménilmontant... venait Père-Lachaise, le lit aussi peut devenir un cimetière. On n'y enterre pas la même chose, c'est tout. Aucune surprise à attendre, tunnel, station, pas de correspondance pour le rêve, pas de musiciens pour te casser les oreilles ni de mecs sortis de taule depuis dix ans et qui viennent te taper d'une pièce. Je ne chantais pas au lit et n'avais pas envie de faire la manche sur un divan. Pour le reste, rien à dire, nous nous sommes reproduits, un enfant, deux, trois. Stop ! J'ai toujours eu horreur du lapinisme. Je n'ai jamais compris pourquoi la vie d'un mec qui a fait six gosses valait plus que celle d'un homme sans gamin. J'ai connu ça à la guerre, les pères de famille nombreuse étaient exemptés de croix de bois, à croire que la gloire authentique ne se gagnait qu'au paddock. Les vrais héros étaient ceux qui arrivaient à tirer plus de coups que toi hors d'un trou d'obus. Tu piges ? Et moi, coincé entre le confessionnal et les berceaux, j'ai commencé à explorer des terres heureusement pas vierges.

J'en ai connu, des filles! Des jeunettes, des vieillottes, des sages qui rêvaient d'un mari et d'autres, aussi sages, qui n'en voulaient surtout pas, de fausses pucelles et de vraies salopes, des naïves et des futées, de belles pépées et des féministes rebelles qui n'aimaient qu'elles-mêmes, des rêveuses estimant que la baise était une fête et d'autres, aussi rêveuses, pour qui c'était une défaite. Un poème. Plus elles revendiquaient et plus elles t'offraient, la parité absolue, le genre "Dis que tu vas m'obéir et je ferai tout ce que tu veux", pas ça, ou pas moi. Les jeunettes ne voulaient pas vieillir seules, pas plus que celles que l'âge marquait déjà de son sigle, DERNIÈRE DÉCADE! TERMINUS! Tout le monde descend! Bref, toutes votaient pour la solitude partagée. Déjà que seul tu t'emmerdes, tu vois le résultat lorsque tu en potentialises une autre? J'ai essayé le ménage à trois. Tu en trouvais toujours deux en train de s'entretuer. Armistice! Pouce! Pouce cassé! Tu remettais ça en couple bidon. Parfois, j'en trouvais une qui sortait de l'ordinaire et qui aurait pu… Mais voilà, c'était toujours elle qui se faisait la malle. L'un dit oui, l'autre comprend non et finalement tu penses que… peut-être? Nenni! J'avais ce que je voulais et ce que je ne voulais pas. Un grand malentendu, finalement, ce n'était que ça l'amour. Et c'est ainsi que j'ai retrouvé Paula.

– Comment?

– Le hasard, un de mes compagnons de combat baptisait son gamin. Derrière moi, quelqu'un a murmuré mon prénom de guerre: "Léo!" Demi-tour! Un flash dans la foule que j'ai pris en pleine gueule: Paula était là.

Nous sommes restés à nous regarder en silence. Tu as déjà vu la débâcle d'une rivière après un hiver de gel? Ça s'est passé comme ça. La glace a craqué, d'un bloc, dans un vacarme de tam-tam, j'étais submergé de bruits, envahi de chocs que je ne connaissais plus, ça cognait partout, dans ma tête, dans mon cœur, dans mon ventre, j'avais quinze ans soudain et je découvrais une femme pour la première fois ; l'eau prisonnière sous la glace a quitté son carcan, est redevenue vivante. Moi aussi. Sous l'œil éberlué du curé et des copains, Paula et moi ne formions plus que deux statues enlacées.

Très vite, nous nous sommes éloignés. L'eau du baptême n'était pas notre histoire. Sans concertation, sans question, le premier hôtel a fait l'affaire. Tout ce que nous avions à nous dire a été transmis par nos corps. Ce n'était pas de l'amour mais une conversation interrompue quelques années auparavant qui reprenait, sans préavis, à travers les gestes, les chaleurs, les gémissements de nos carcasses. Paula n'était pas une amante, mais un livre, le premier bouquin lu par un ancien analphabète qui découvrait un incipit jamais vu auparavant. Je lisais, je LA lisais. Lire une femme... La seule et unique fois dans mon existence où pareille chose m'est arrivée, avant de récidiver le plus souvent possible. Je déchiffrais les souffrances que je devinais, les deuils qu'elle avait vécus en perdant les copains, les cris d'enthousiasme poussés à la Libération. J'aime les femmes et les livres, Laurent, je les adorais, je les adore. Lire... aimer... les seules vérités qui restent accessibles et acceptables pour tous quand les utopies s'écroulent. Le reste... idéologies, blablas, révolutions, rêves, tout n'est qu'avortements, fausses couches, morts et résurrections, spectacle permanent. Quand c'est fini, on recommence, nouvel emballage sur le même produit. Je vous l'enveloppe ou c'est pour manger sur place ? Petit livre rouge sur petit livre noir, Ancien

Testament suivi, bien sûr, par un Nouveau, Coran, encyclopédie, annuaire du téléphone, papier d'emballage, du pur *kraft durch freude*, même combat, sur alfa ou pur chiffon, voie sans issue, impasse totale, t'as tort, non, j'ai raison, ma cause est plus juste que la tienne, t'as pas le droit de manger de ci, de ça, sinon tu vas crever, tu vas penser librement comme moi, sinon gare... T'en bouffes, t'en crèves, t'en bouffes pas et c'est pareil. Et tu te retrouves baisé comme avant par un dieu de pacotille, par des marchands de camelote qui te font croire que c'est de l'or en barres. On tue pour rien, on ressuscite pour débouler sur le même néant. Vanité des vanités... Sauf... Sauf lire et aimer ! Ouvrir un bouquin, une femme, laisser courir le regard, accrocher une phrase sur l'écran de papier blanc, tourner une page, découvrir qu'une peau couleur d'ivoire contient mille palindromes que tu peux déchiffrer avec tes lèvres et tes doigts dans tous les sens de la volupté, ânonner l'alphabet de l'amour, une fois, puis une deuxième, une troisième... et entrer, en invité, dans une histoire qui n'a été écrite que pour toi. Ce jour-là, Paula était son histoire, la mienne, une folle envie de vivre que je lisais à voix basse pour elle et pour moi. J'étais chez elle, en elle, nous n'étions qu'une fusion et nous savions que cela ne se reproduirait plus.

Erreur, mon frère, erreur ! Ça s'est reproduit.

Elle était toujours aussi ronde, aussi appétissante. J'avais envie de la mordre, de la dévorer goulûment, de la déguster à petites bouchées. Je vibrais lorsque ses yeux, couleur de mer, chaviraient, lorsque les mèches de cheveux aux reflets foncés de sable mouillé coulaient sur son front, lorsque son ventre tremblait de plaisir, lorsque ses seins se gonflaient sous la jouissance. Nous étions amants et rien d'autre ne comptait. Rien… Un auxiliaire négatif qui contenait tout, tout, tu entends, tout.

A commencé une longue dérive.

J'ai tout largué. Paula s'est débarrassée de ses diverses charges affectives. Nous sommes partis dans le Sud marocain, avons glissé vers le désert. Une balade sans but, sans itinéraire, à la découverte de quelque chose que l'on appelle l'*amour*, puisque les autres termes ne sont que du clinquant. Je ne te raconterai pas nos randonnées en jeep dans l'Atlas, ni nos nuits sahariennes. Nous étions hors du monde, hors de notre monde, plongés dans le jeu que nous avions inventé sur le bonheur d'exister. Encore une notion fugace. Tu crois saisir la joie de vivre, tu tends la main pour l'empoigner, tu te retrouves avec du vide entre les doigts.

Chacun peut voir une ombre, personne ne peut la saisir. C'était ça, ma relation avec Paula. On baisait. Toujours à l'hôtel, jamais chez elle. J'ignorais comment elle était installée, je n'ai pas connu son logis, son mobilier, ses livres, son atmosphère. Je connaissais son adresse. Point. Je n'avais qu'un pays à découvrir, Paula. Qu'une histoire à imaginer, la nôtre. Impatient, j'ai questionné :

– Pourquoi suis-je interdit de séjour chez toi ?

Réponse :

– Tu es mon amant, pas un agent immobilier. Si je t'invite une fois, tu reviendras. Et dans deux mois, tu me demanderas de laver tes chaussettes, dans six tu me proposeras le mariage. Imagine que ça me plaise. Nous serons mariés. *"M. et Mme Sébastien Lesquettes ont le plaisir (ou le regret) de vous faire part…"* La même formule pour les naissances, les mariages et les enterrements. Danger ! Chute de pierres, comme en montagne. Tu nous vois en vieux époux, partageant nos bobos ? L'un examinant l'autre ? Tendant l'oreille pour entendre le "Aïe, aïe, aïe" du matin, celui qui confirme que l'autre est encore en vie ? Non, merci !

Paula s'en allait, revenait. Et ça repartait pour un tour. On baisait. Un jeu de silhouettes où tout se passait en actes, en caresses, en poses. Rien d'autre n'avait d'importance et je ne savais toujours pas qui elle était.

C'est par bribes, par lambeaux, que j'ai reconstitué son parcours depuis notre rencontre à Grenoble, cette nuit unique où, fantômes de chair et de sensualité, nous avions fait l'amour.

Elle assurait la liaison entre les groupes d'Annecy et les Glières. Un jour, menacée d'arrestation par la dénonciation d'une mouche, elle n'avait trouvé de refuge qu'au milieu des hommes à l'affût des bêtes en vert-de-gris, au maquis où, devenue infirmière, elle soignait avec les moyens du bord. J'ignorais qu'elle était en quatrième année de médecine lorsque je l'avais rencontrée pour la première fois.

Et la guerre est remontée vers les Aravis.

En 1944, après un hiver difficile, un sale printemps s'était levé sur les Alpes.

Miliciens, flics en uniforme, SS, chasseurs alpins allemands, bombardiers se ruaient sur le carré de garçons enfermés dans la souricière des Glières. Massacres. Fusillades. Tortures. Massacres. Fusillades. Tortures. Menu invariable d'une bande de soudards au service de Dolfie. Les survivants provisoires essayaient de sortir du piège. L'un après l'autre, ils se faisaient reprendre et tuer. La chance aidant, seuls survécurent les "régionaux de l'étape", les enfants du pays, ceux qui connaissaient les possibles ouvertures dans l'étau, le sentier de chèvres qui ne figure sur aucune carte, la planque inconnue de tous dans un gîte d'animal.

Après la destruction des derniers chalets par les Heinkel, Paula s'était retrouvée isolée, en compagnie d'un homme du Grand Bornand. Sans lui, elle y serait restée comme les autres. Évitant le feu, marchant de nuit dans les sous-bois, entre les crépitements des armes et les cris des prisonniers, ils ont réussi à passer dans la plaine.

J'ai quand même proposé le mariage à Paula. En réponse, elle m'a fait l'offrande d'un nouvel éclat de rire.

Ma femme ne s'apercevait de rien ou faisait semblant. Une fois, une seule, le mot "divorce" l'a tirée de sa torpeur. Résultat ? Une réponse sans surprise : "Dans ma famille, on ne divorce pas !"

Premier départ, j'ai loué une chambre près de l'usine où je bossais et vivais en ermite. Jamais longtemps. J'accourais au moindre appel de Paula, et…

L'Occupation ne s'effaçait pas. Pour bloquer ses terreurs, canaliser ses paniques, annuler ses flashs-back, comme si un souvenir pouvait s'effacer sur commande, elle n'avait que ce remède : l'amour physique.

Un soir, nous avions forcé sur une bouteille de rye. Une barrière a sauté.

Elle m'a raconté.

– La guerre terminée, j'ai fini médecine. Pas question de faire du "privé", je suis restée hospitalière. Ça me correspondait d'être au cœur de la douleur mais ne comblait pas mon vide affectif. Je me suis mariée, fallait que je redevienne normale. J'ai épousé un Rodolphe, par hasard, en passant. Je croyais avoir déniché un homme et me suis retrouvée avec un portemanteau, je pensais qu'il était mon compagnon et découvrais seulement un type qui occupait le côté droit du lit conjugal. Le plus vilain mot de la langue française. Plus par moins égal moins. Chaque matin, chaque soir, mon bilan virait au rouge. Mon mari a, quand même, eu l'élégance de se foutre en l'air en voiture, un accident qui m'a évité le divorce. L'hôpital m'a sauvée, j'ai plongé dans le boulot. Je ne pouvais m'accrocher qu'à ça pour éviter le néant. Tous ceux que j'avais aimés dormaient dans des fosses communes ou se baladaient dans le ciel sous forme de nuages. Dans notre hémisphère, les vents d'ouest sont dominants. Il me suffisait de lever la tête pour retrouver les visages des disparus. Cumulus, stratus, nimbus, tous les cramés défilaient là-haut et pleuraient leurs larmes de suie. Salut les amis ! Il me fallait arrêter ça à tout prix. La ligne de la folie peut être franchie sans prise de conscience. *Border line*, qu'on appelle ça aujourd'hui, *border line*... Frontière ! Est arrivé le temps de la chasse aux hommes, ça mange pas de pain et ça tient chaud au ventre, la course après les courants d'air. J'ai eu un amant, un de mes patrons à l'hôpital de B. Pour faire bonne mesure, je couchais aussi avec un interne. Au suivant ! J'ai fait des stages langoureux dans tous les services. Je n'avais que ça pour sortir de moi, pour m'en aller, le sexe. Pour éviter des problèmes dans mon boulot, j'ai commencé à chercher ailleurs.

C'était le temps de Saint-Germain-des-Prés. Le jazz m'enveloppait et je chaloupais dans ses bras. Les bars m'ouvraient leurs comptoirs. Ils étaient bourrés de garçons et de filles, pour la plupart épaves échouées dans l'après-guerre. Je n'ai rencontré que des gars à tragédies variables. Bourreaux, victimes, salauds, grandioses connards, trafiquants, putes en devenir, créateurs impuissants, paumés, alcoolos plongés dans la gnôle pour retrouver les chocs des années noires. Le monde de la nuit après une innommable tuerie. Dieu, que j'en ai entendu des conneries, des soliloques sur les femmes, les hommes et les chiens. C'est chouette, la fin d'une guerre! On décrète qu'à partir de – date variable laissée à l'appréciation de la clientèle comme un vulgaire pourboire – la paix sera rétablie. Parfait! Quand tu n'as plus le droit de tuer les autres, tu t'exerces sur toi-même. En allemand, "suicide" se dit *Selbstmord*, le meurtre de soi, c'était ça, aussi, la fin de la guerre, pour tous ceux qui n'arrivaient pas à émerger. Vive la paix! Vive la réconciliation! Tu parles! Et les fêlures dans les têtes, tu les recolles comment? Et les traces physiques, tu les effaces avec quelle gomme? Et le crash affectif, tu l'évites avec quoi? C'est la paix, Léo, la paix! *Amusons-nous, faisons les fous, la vie passera comme un rêve...* tu l'as connue cette chanson, non? Je ne buvais pas, je ramassais seulement de quoi couvrir le gouffre de mes insomnies, de quoi me protéger du froid intérieur qui me bouffait. J'avais besoin de noyer ma nostalgie, d'effacer les gueules des gens disparus que j'avais aimés dans la bataille, et je me retrouvais, au réveil, dans les draps d'un inconnu avec une déception de plus, un creux au cœur à ajouter à une liste déjà longue. Je vivais dans le glauque, je devenais glauque, nymphomane à mon insu, sans plaisir, sans orgasme. Je faisais semblant. Suffit de connaître les voyelles et ça marche: A! O! Aïe! Oui! Du bidon, j'aurais pu doubler n'importe quelle femme dans n'importe quelle scène érotique. Fallait bien. Je ne pouvais pas dire aux mecs qui me promettaient l'infini que leur espace sidéral s'arrêtait au pied du lit, espace… non, le vide sidéral. J'ai pensé que jamais un homme et une femme ne parleraient le même langage à l'instant du coït. Coït! Quel mot! On dirait un aboiement, coït-coït, ouah-ouah, je te prends, coït-coït, prends-moi, ouah-ouah, je te quitte; j'aurais adoré breveter l'amour, découvrir un code inédit pour arriver enfin à aimer pour de vrai, comme disent les enfants, exister pour de vrai par le corps, les sentiments, et pas seulement par ce va-et-vient en moi d'une queue inconnue, utiliser un vocabulaire allant de soi entre les tendresses et les sexes. *Basta cosi!* Ce n'est qu'avec toi, Léo, que j'y suis arrivée, avec toi seulement et ça m'effraie. Être accro l'un à l'autre mène fatalement à la dépendance. Et je ne veux dépendre de personne même, ou surtout, de toi.

Tu vois, Laurent, c'était ça, Paula.

Mon boulot m'a amené en URSS. A mon retour, j'étais guéri à tout jamais des paradis politiques.

J'ai longtemps cru qu'aucun “bonheur” individuel ne pouvait exister sans “bonheur” collectif. J'en suis moins sûr aujourd'hui. Mais j'étais déjà revenu de tout ça depuis longtemps. Depuis que j'avais retrouvé Paula.

Paula… Nous avons continué pendant des années ce petit jeu de “Aime-moi comme toi-même”. Ni elle ni moi n'avions la conscience d'un événement terrible: nous étions deux éclopés. Sortis physiquement intacts de la tuerie mais avec un vide qui nous unissait et nous séparait à la fois, nous savions, comme beaucoup d'autres, que ce n'est pas la mort de Dieu qui avait rendu tout possible mais la mort de l'humain. Nous vivions en fusion, essayant toujours d'être un. Mais on n'obtient pas un être valide en fusionnant deux invalides. Nous vieillissions sans nous en rendre compte. L'âge ne comptait plus, nous vivions dans un monde au temps aboli. Rides? Inconnues. Elles n'existaient que pour les autres, invisibles pour nous. Nos peaux restaient lisses, nos sentiments bouillants. La passion était là, le désir présent.

Et Paula a commencé à se faire plus rare. Oh, pas grand-chose au début, quelques rendez-vous remis, un voyage annulé.

– Qu'est-ce que tu as, Paula?

Une fois encore, j'ai eu droit au sourire ironique, à ce plissement particulier des lèvres, cette façon cynique, qu'elle seule avait, d'éluder une réponse.

Ça s'est reproduit. Elle a disparu durant une semaine. Pas d'explications. Pas d'interrogatoire entre nous, c'était impossible. Paula n'était pas ma propriété et je n'étais pas la sienne. Ni elle ni moi ne portions gravé au fer rouge la griffe de l'autre. Nous jouions notre vie à Paris, pas dans un western du Kansas où les vaches portent la marque de leur propriétaire. Nous nous aimions, exploit chaque matin, chaque nuit renouvelé. Exploit impossible. J'aurais dû me douter que l'amour n'était pas le bagne, il n'y a pas de perpétuité dans ses jeux.

Un matin, catastrophe. Je l'appelle au téléphone et j'entends le célèbre: “Le numéro de votre correspondant a changé...”

Renseignements. Réclamation. Confirmation. Plus personne au bout du fil.

J'ai foncé chez elle. La gardienne m'a regardé, surprise.

– Vous cherchez Mme Missillac? Mais elle a déménagé la semaine dernière! Non, elle n'a pas laissé d'adresse.

Enquête.

Quel déménageur avait emporté son mobilier ? Personne ne s'en souvenait. Sans avertissement, je me suis retrouvé aussi nu qu'après l'arrestation de Paco à Grenoble. Je ne risquais rien matériellement, ma peau n'était pas en danger, mon équilibre, si. Pourquoi m'avait-elle largué ?

Ses collègues de travail ne savaient rien. Ce n'était pas une fugue mais un évanouissement total. Jamais je n'aurais soupçonné chez elle une envie de départ, pas un simple changement de lieu mais une sorte de saut dans le vide. Une coupure avec le passé, voilà à quoi ressemblait cette éclipse totale.

J'ai cherché, fouiné, patienté. Personne ne semblait au courant d'une quelconque escapade amoureuse. Pourquoi était-elle partie ? Je me suis senti coupable du ratage dans le couple que nous formions. J'ai reçu ça sur le crâne comme un pavé. C'était aussi violent qu'un deuil vécu lorsque tu interroges ta culpabilité imaginaire sur les manques que tu as eus à l'égard du défunt. Où avais-je failli ? Oui, je ressentais comme une faillite totale la disparition de Paula. Réussir possède mille significations, mille facettes. Réussir… verbe du deuxième groupe, infinitif en *-ir*, participe présent en *-issant*. Comme finir. Les amours sont finissantes, la vie aussi. Mais elle ne joue pas dans la même catégorie. J'étais mort debout, dans les cordes, comme un boxeur au bord du KO. Qu'avais-je fait pour que Paula me renie ? L'inventaire de ce que j'avais réussi au quotidien ne m'intéressait pas mais je me rendais compte de ce que je venais de perdre. L'échec, lui, ne détient qu'un visage, celui d'un bond au-dessus d'un garde-fou, et ne connaît qu'un goût, l'amertume. J'étais comblé par un saut sans élastique. A chaque

Les Cannabis n'ont pas envie qu'un de mes rejetons leur colle un procès sur les bras pour non-assistance à personne en liberté.

– Tu veux conduire, Bastien ?

Mon siège réglé en longueur, la ceinture bouclée, j'ai empoigné le volant. Des années que je n'avais plus effectué les gestes réflexes d'un conducteur.

J'ai poussé la voiture et me suis rendu compte que j'effrayais Laurent. Il est resté muet même lorsque j'ai dépassé le cent cinquante. Jamais, auparavant, je n'avais roulé à cette vitesse. La voiture glissait sur une autoroute presque vide, ralentissait selon mon désir, reprenait de l'élan, avalait l'horizon. Pas de douleurs aux genoux ni de difficultés à appuyer sur les pédales.

J'abordais les virages en souplesse. Plus question de tenir la rampe pour descendre cinq marches. Queue de poisson à un pot de yaourt, une de ces petites voitures qui se traînent toujours sur le côté gauche du chemin. Le conducteur a levé le poing dans ma direction. J'ai baissé la glace et dressé mon majeur vers le ciel. Je tenais la route, j'étais soudain cette bagnole et c'était moi qui conduisais. Vogue la galère. Je me suis même offert un dérapage contrôlé avec un cadeau royal : le plaisir de brûler un feu rouge dans un bled picard dont j'ai oublié le nom. Heureusement, aucun piéton ne traînait par là. J'ai éclaté de rire en imaginant les flics m'embarquant et un tribunal m'ôtant mon droit de conduire.

“Vous avez dépassé les limites autorisées, monsieur Lesquettes ! A votre âge, on se tient peinard, on respecte les jeunes et les vieux cons. Un simulateur d'existence, voilà ce à quoi vous avez encore droit, monsieur Lesquettes, un

L'heure tourne.

Nous roulons de nouveau vers Étaples.

Voici enfin le palace de Paula, Les Amaryllis.

Une fille, à la poitrine hors concours par son volume, incarne l'accueil. On dirait deux ballons de rugby en expansion, deux courges géantes qui auraient mal tourné, en attente d'un drop ou d'une sortie de mêlée. J'éclate de rire en pensant qu'on pourrait les utiliser pour y poser le plateau d'un petit-déjeuner. Sein gauche : café noir, croissants, beurre, confitures. Et elle, interrogeant : "Avec une goutte de lolo, peut-être ?" Pour la mamelle droite, pas de problèmes : thé, biscottes, miel. Et un nuage de lait, s'il vous plaît.

Laurent me regarde. Il semble inquiet sur mon état mental. La femme ouvre de grands yeux. Elle n'a pas l'habitude d'entendre rire dans une maison de retraite.

– Oui ? Que puis-je pour vous ?

Fasciné par la surface de son torse, je murmure :

– Je peux avoir des œufs sur le plat ?

– Pardon ?

– Excusez-moi, j'ai oublié que j'ai déjà déjeuné ; je viens voir Mme Missillac, Paula Missillac.

– Vous êtes un parent ?

– Je suis son amant.

Visiblement elle me croit fou, elle aussi. Le mot amant ne s'applique qu'à des jouvenceaux, pas à des croulants de mon âge. Passe encore de s'aimer, mais baiser à cet âge… Je la sens horrifiée, la brave dame aux doudounes de montgolfières. Pour elle, je suis un vieux cochon. Jamais je n'ai compris pourquoi un vieux cochon était méprisable alors qu'un jeune cochon…

Laurent intervient.

– Excusez mon ami, madame, il est fatigué par le voyage. Nous sommes des proches de Paula. Elle est bien ici, à Étaples ?

– Non. Elle a été transférée à Boulogne, à l'hôpital. Ce n'est pas loin d'ici.

– Qu'est-ce qu'elle a ?

– Je ne sais pas, monsieur, il faut voir le médecin pour qu'il vous renseigne.

Nous repartons. La fille nous suit, ravie de me voir partir. Visiblement, je lui ai fait peur.

Parking de l'hôpital.

Renseignements.

Je demande à Laurent de m'attendre.

Ascenseur.

Un long couloir. Voici la chambre. Je frappe.

Menue, une voix m'ordonne d'entrer. Elle a baissé d'intensité, la parole de Paula, elle s'est faite minuscule, comme celle d'un enfant qui démarre ses premiers mots. Je l'ai entendue sur tous les tons, amoureuse, apitoyée, en colère, riante, douce, furax ; quel homme amoureux n'a pas mémorisé les vocalises de son amante ?

J'entre dans la chambre standard d'un hôpital moderne.

Une silhouette est assise dans un fauteuil beige : Paula.

Un bout de femme, tassée sur elle-même, aux épaules couvertes d'un châle écossais, me dévisage un instant très bref. Un court flash éclaire ses yeux, un sourire naît dans le regard, descend vers les lèvres sans maquillage, s'épanouit.

– Bonjour, Léo, je savais bien que tu viendrais me voir.

Elle me tend une main.

– Aide-moi à me lever. J'ai du mal à me redresser.

Mon bras tendu a servi d'appui. Elle s'est levée. Son corps, ployé en avant, a échoué contre le mien, comme un navire hors d'âge chahuté par les vents et les courants, secoué par les tempêtes et autres méchantes humeurs de la mer, un roulier des océans qui retrouverait son poste d'amarrage. Nous sommes restés enlacés, sans un mot. Ce que nous ressentions n'avait pas besoin de parole. Tout ce que nous étions, tout ce que nous n'avions jamais osé dire, tout ce que nous avions vécu, échangé, était là dans cette étreinte.

– Je ne suis pas venu te voir, Paula, je suis venu te chercher. Veux-tu t'en aller avec moi ?

– Ils ne me donneront pas de permission de sortie.

– Quelle importance ? On ne leur demandera rien. Tu te fais la belle, avec moi. D'accord ? J'ai un copain et une voiture à l'extérieur.

Les pupilles possèdent toujours ces reflets lumineux, adorés autrefois. Le visage est couvert de ridules, les coups de patte des peines et des fatigues, les faire-part du quotidien. La fossette au menton reste présente, elle paraît seulement plus grande dans cette face amaigrie. Les cheveux sont en ordre mais ils ont changé de teinte ; envolé désormais ce blond obscur où j'aimais enfouir mon nez, mes lèvres. Elle est auburn, la coiffure bien lissée. Paula semble lire en moi :

– C'est une perruque.

Elle n'a prononcé qu'un mot, un seul.

– Chimio.

9

Paula a quitté sa défroque d'hospitalisée. La sortie de l'hôpital s'est passée sans histoires.

Redevenue civile, elle marche à l'aise à mes côtés.

Retour au Touquet.

J'explique à Laurent que je vais rester quelques jours au bord de l'eau. Il comprend à demi-mot, mon Vendredi.

– En somme, tu veux que je rentre seul ?

– C'est ça, mais provisoirement. Je reviendrai avec Paula.

– D'accord, je partirai après le déjeuner.

Spontanément, je l'ai serré contre moi avant qu'il ne reprenne le volant.

– La maison t'attend. Avertis-moi seulement pour que le colombo soit prêt.

Un sourire, un vrai, étire son visage. Un geste de la main. La voiture a pris la route de Paris.

J'ai partagé ma chambre avec Paula.

Notre dialogue s'est ramené à un silence qui n'en finissait pas de durer. Le lendemain, dans une marche lente sur le remblai, suspendue à mon bras, emmitouflée dans la brise permanente qui balaie la côte, face à cette lumière écaillée qu'on ne rencontre qu'au bord des mers froides, elle m'a raconté.

– Un matin, je me suis aperçue que j'avais une petite grosseur sur la poitrine, près de l'aisselle gauche. Il m'a semblé inutile de t'en parler. Je sais que tu aurais fait n'importe quoi pour moi, mais quel était ton pouvoir devant "ça" ?

Médecins. Examens. Prélèvements. Il portait un nom végétal, mon cancer, "C'est un épithélioma", m'a dit le toubib. Epithélioma… Tu vois "ça" inscrit sur une petite planchette dans un jardin botanique ? Tu imagines une plante à fleurs multicolores montées sur une tige verte, des clochettes qui tintent dans le vent. Mais c'est un cancer, rien d'autre, qui entre dans ton champ de vision et vibre à tes oreilles. Le son des cloches n'est que ton glas qui tinte, tinte, tinte. Seule la mort jardine et taille, de temps à autre, dans cet amas de plantes sinistres. Epithélioma… Un avertissement d'une disparition différée.

Elle reprend son souffle.

– Passe-moi une cigarette.

– Tu as le droit de…

– Idiot ! Tu crois que je vais attraper un cancer ?

J'ai allumé deux cigarettes, lui en ai collé une dans la bouche.

Nous marchons de nouveau.

– Je tenais à toi, j'étais prête à me battre. Il faut opérer, ont dit les spécialistes, il faut couper. Ils l'ont fait. Mon corps n'était plus cet ensemble harmonieux que je t'offrais dans l'euphorie mais un quartier de viande dans

Raisonnable. Pauvre con. Tu sais ce que c'est, "être raisonnable", à ton âge ? Marmot, tu étais un petit con ! Adulte, tu l'es resté ! Même pas foutu d'en devenir un grand. Retourner aux Cannabis ! Décidément, jusqu'au bout, je serai resté incompris de mes proches.

– Comment m'as-tu retrouvé ?

– Les Cannabis ont averti la police. Tu n'avais pas le droit de quitter l'établissement sans un de tes enfants. Personne ne voulait que tu fugues et tu l'as fait. On t'a suivi à la trace grâce à ta carte de crédit. Je vais t'aider à faire ta valise et je te ramène, sinon...

– Sinon ?

– Les flics le feront et je n'aime pas ça.

– Qu'est-ce que tu n'aimes pas ? Les flics ou le fait d'être ramené dans mon château par des poulets ?

– Ne joue pas à l'anar, papa. Finis ton café, je monte avec toi.

– Pas question. Tu m'attends ici. Je n'ai pas de voiture et ne m'en irai donc pas. Je fais ma valise et je reviens. En attendant, va te faire foutre. Con comme tu es, ça te plaira sûrement.

Il a pâli, mon rejeton. Un flash de haine dans les yeux, il m'a regardé partir vers l'ascenseur. Enfin un sentiment humain. Je le croyais totalement mort.

J'ai regagné ma chambre.

Paula était habillée. Très vite, je lui ai expliqué la situation.

– Qu'est-ce que tu vas faire ?

– M'en aller, mais pas avec Yann. Je m'en vais, mais sans lui.

En trois phrases, je lui ai fait part de mon projet.

Son regard est redevenu lumière. J'avais devant moi, de nouveau, la Paula de Grenoble, le jour où elle m'a averti de l'arrestation de Paco.

– Tu m'emmènes ?

J'ai fait oui de la tête.

Sortie par l'arrière de l'hôtel. Yann ne sait pas qu'il existe une issue qui donne directement sur la plage.

Bras dessus, bras dessous, nous sommes partis par les dunes, vers le sud, dans la direction de Berck. Avec la brise permanente qui souffle sur la côte, la marche dans le sable mou s'est révélée difficile. J'ai enlevé mes chaussures et les ai balancées au loin.

Paula m'a regardé, a souri.

Elle aussi a jeté ses souliers. Ils avaient l'air de deux minuscules bateaux qu'un enfant négligent aurait abandonnés là. Deux toutes petites épaves posées sur le blanc tacheté de la grève.

Le contact du sable légèrement humide devenait une caresse. Nous avons avancé lentement. D'instinct, j'ai obliqué vers la mer. Les bras autour de la taille, collés l'un à l'autre, chacun devenait l'étai, la cariatide de son voisin. Sur la droite, le flux montait vers nous dans son incessant tumulte de sifflements, de cris, de soupirs, la création sans cesse renouvelée des vagues en fin de course, lorsqu'elles s'abattent, se marient avec le sable, renaissent et repartent.

Nous nous sommes rapprochés de l'eau. Elle nous a léché les pieds.

J'ai enlevé mes chaussettes. Paula a relevé sa jupe, ôté son collant. D'un même geste, dans le même éclat de rire, nous avons jeté le tout dans l'eau.

Spontanément, elle a mis ses bras autour de mon cou, posé sa tête au creux de mon épaule.

– Je veux m'en aller, Léo. Tu pars avec moi ?

Serrée contre moi, je l'ai embrassée sur le front, sur les joues, posé un bécot sur ses lèvres pâles.

– Je pars avec toi. L'océan nous attend. Quai numéro un ! Préparez vos passeports ! Le Havre ! Southampton ! New York ! Central Park ! En voiture ! Attention au départ !

J'ai pris sa main. Elle était froide. Je l'ai réchauffée entre mes doigts. J'ai fait un pas dans l'eau. Paula ne m'a pas lâché. Cap au sud. J'avais le soleil d'hiver en pleine figure.

– Ça va, Paula ?

– Bien. La thalasso en cette saison c'est bon pour le moral.

Ma veste pesait une tonne. Je l'ai ôtée et balancée devant moi. Manches déployées, elle bougeait au gré des flots, se rapprochait, s'éloignait. La dépouille du vieil homme d'autrefois apprenait à nager. Grand rire, doublé par celui de Paula, en écho.

Paula a dégrafé sa jupe.

Pièce par pièce, nous nous sommes dévêtus. Elle n'a gardé que son corsage. Je ne voyais pas une vieille dame indécente dans sa demi-nudité, pas plus qu'elle n'enregistrait la décrépitude de ma carcasse. C'était inscrit dans son sourire. Je n'avais que Paula devant les yeux. La Paula d'hier, la Paula d'aujourd'hui. Une Paula éternelle, la femme qui m'avait permis de renaître dans la tempête de la guerre. Oublié, le passé, effacée, la terreur, ensevelies, les douleurs d'autrefois, nous n'étions plus que deux gamins en vacances sur une plage du Nord se livrant à un strip-tease ludique et innocent, avec pour fond sonore le clapot de la mer en pleine ascension.

Une vague est arrivée du large, nous a enveloppés.

– Tu as froid, Paula ?

– Non. Je ne sens que le vent. Et j'aime ça.

L'eau maintenant nous léchait la taille. J'avançais de plus en plus lentement.

Nouvel assaut du flux dans son attaque de la rive.

L'éclat de lumière dans les nuages est devenu notre phare. Nous marchions droit sur lui.

Jets d'eau. Paula s'est accrochée à ma taille. J'ai aimé le contact de ses mains mouillées sur ma peau.

– On s'en va ?

Elle n'a rien dit, s'est allongée dans l'eau, faisant la planche.

– Viens et donne-moi la main, on va partir ensemble.

Je n'ai pas vu arriver la déferlante. J'ai seulement entendu le fracas de l'eau qui se rapprochait, se rapprochait, se rapprochait.

Cet ouvrage a été composé par
Atlant'Communication
aux Sables-d'Olonne (Vendée)

Impression réalisée sur VARIQUIK
par Corlet Imprimeur
14 Condé sur Noireau
Impression : novembre 2007

N° d'édition : 24137001 – N° d'impression : 108568
Dépôt légal : janvier 2008

Imprimé en France